ポルタ文庫

金沢加賀百万石モノノケ温泉郷
オキツネの宿を立て直します！

編乃肌

新紀元社

目次

プロローグ

——これは子供の頃の話だ。

私の家は小さな温泉宿を経営していて、女将《おかみ》であるお母さんはいつだって忙しそうに働いていた。

くるくるとお母さんはよく動いて、お客さんからも「素敵な女将さんだ」などと褒められて。その背は常に真っ直ぐに伸びていた。私はそんなお母さんの背中を見て育ったため、子供ながらに憧れたものだ。

いつか私もああなりたい。

あんなふうに、大人になったら私もこの宿を守っていきたい。

私は自分の家である宿も大好きだったし、温泉そのものも好きだった。湯に浸かると、疲れだけでなく嫌なことがぜんぶ体から流れ出て、お湯に混じって消えてしまう。

そしてホッと、心から息がつける。それは特別な瞬間だった。

そんなふうに、温かいお湯と宿と共に育った私だが、九歳の頃に、ある不思議な体験をしたことがある。

「あなたは、なあに？」

竹垣に囲まれた、宿の裏庭。

人形《ひとがた》に近い白い靄《もや》のようなものが、竹垣の向こうからこちらをじっと見つめていた。

見つめるといってても目なんてなかったけど、見つめられていると感じたのだ。

この靄はこのごろ夕暮れ時になると現れる。

私以外にはその存在は認識されていなくて、とりあえず『人間じゃないなにか』なことだけはわかった。子供だからか好奇心の方が勝って、不思議と怖いとは感じず、ある日私は思い切って話しかけたのだ。

「ねえ、聞いている？　あなたはなんなの？」

「……」

「もしかして喋れない？」

「……」

「うーん、どうしようかな」

私が首を傾《かし》げれば、白い靄も合わせるように『こてん』と傾《かたむ》いた。どうやら意思の疎通はできているらしい。

私が体を左右に揺らせば、靄も揺らして。

私がバンザイすれば、靄も手らしきものを挙げて。

それが妙に可愛くて面白くて、空が茜色から紫色に変わるまでその靄と飽きずに遊んでいた。靄も心なしか楽しそうにしていた気がする。

そんなことが連日続いて、私たちはどんどん仲良くなっていった。私が先生に怒られて落ち込んでいたときは、靄が慰めるように頭をよしよしと撫でてくれたし、テストでいい点を取ったときは、一緒に飛び跳ねて喜んでくれたりもした。

いつだって無条件に寄り添ってくれる靄は、傍にいると存外居心地がよくて、いつしか靄は私にとって欠かせない存在になっていた。

自分でもなんともおかしな話だとは思うが、私は確かにその謎の白い靄と『友達』だったのだ。

「あ！　ねえ、今日はあなたに言いたいことがあったの。あのね、よかったら――」

そして私は『とあること』を靄に提案したのだ。靄は驚いたように、また戸惑ったように体を揺すったように思う。

なにを靄に提案したのか。

……その記憶が、私にはない。

その後どんな行動を取ったのかもなにひとつ覚えておらず、気付いたら私は部屋の布団に丸まって寝ていた。

靄と共にいた時間は、期間にすれば一年にも満たない。それでも一緒に過ごした記憶は濃密で、あの謎めいた存在は決して私の妄想なんかではないという確信はあった。

だけどその出来事以来、靄はすっかり現れなくなってしまったのだ。


あれからもう八年。

高校二年生になった今でも、私はときどきあの靄のことを思い出す。

もし私がお母さんから大切な宿を継いで、立派な女将になって。

そのときにあの靄がもう一度、竹垣の向こうにひょっこりと現れてくれたなら、「久しぶりだね」と笑ってどうしても伝えたいことがある。これは誰にも明かしたことのない心に秘めた願いだ。


その願いが叶う日を、私はずっと待っている。

第一章

桜舞い、梅香るモノノケ宿

加賀温泉郷。

それは金沢から少し足を伸ばしたところ、加賀と小松にある、開湯《かいとう》千三百年の歴史を持つ石川県の温泉地だ。『粟津《あわづ》温泉』、『片山津《かたやまづ》温泉』、『山代《やましろ》温泉』、『山中《やまなか》温泉』の主に四つの温泉からなり、『加賀四湯』とも呼ばれている。

加賀百万石の伝統を感じさせ、松尾芭蕉や北大路魯山人《きたおおじろさんじん》、与謝野晶子などの歴史に名を残す著名人が愛したことでも知られる、情緒あふれる地なのである。

……と、まあ、地元を簡単に紹介するとしたらこんな感じだろうか。

そんな温泉郷が、私・神ノ木結月《かみのきゆづき》の生まれ故郷であり、そのとある一角にかまえる小さな温泉宿『月結《つきゆ》いの宿』が私の実家だ。

「ただいまー」

ポニーテールにした長い黒髪を揺らして、玄関の敷居を跨《また》ぐ。玄関といっても正面はお客様用なので、こちらは裏手にある従業員入り口みたいなものだ。

『月結いの宿』は木造の二階建て。部屋数はわずか五室。こぢんまりとしていて、表に看板が出ていなければ温泉宿だと誰もわからないだろう。それでも温泉は、源泉かけ流しで、小さいが露天風呂もあり、泊まり以外での日帰り利用も可能だ。特に人気なのは地元の食材をふんだんに使ったお食事で、平日のみやっているランチは地元客にも固定ファンが多い。

　経営に余裕がある……とは、このご時世決して言えないけど、それでも私の自慢の家であり宿である。

「おかえり、結月ちゃん。今日も学校から真っ直ぐ帰宅かい？　たまには友達と遊んでくればいいのに」

「宿の方が気になるし。いいよ、遊ぶのはいつでもできるから。客室の清掃とか手伝うよ」

「えらいなあ、結月ちゃんは」

　ははっと軽快に笑うのは、お母さんの弟である朔太郎《さくたろう》叔父さんだ。

　細身でひょろりと背が高く、人好きのする顔立ちは、三十代後半という実年齢よりもずいぶんと若く見える。隙あらば趣味で集めている変な柄シャツを着ており、もう十月も半ばなのに今日はスイカ柄の夏仕様だ。季節感がおかしくなりそう。

　さらにその上に従業員用の法被《はっぴ》を羽織っているのだから、なんとも奇天烈な恰好だ。

「そういう叔父さんこそ、また手伝いに来てもらっちゃってごめんね。今はお仕事大丈夫なの？」

「問題ないよ。今は俺の周りは閑散期」

叔父さんはそこそこ名のあるフリーのカメラマンで、住まいは金沢だが、仕事が暇なときは宿の手伝いをしにわざわざ車を飛ばして来てくれる。

今もモップを持って掃除中だったようだ。私もセーラーの制服を着替えて掃除に加わろうと、足早に二階の部屋に向かおうとしたのだが……。

「そうそう、姉さんが結月ちゃんに話があるって。居間の方に先に行ってくれるかな」

「お母さんが話……？　なに、改まって。なんの話なの？」

「それは姉さんから直接聞いて。ただその……冷静にね。いいかい？　深呼吸して、心を落ち着けて聞くんだよ。平常心でね」

「なにそれ」

意味深な言葉に眉を寄せる。叔父さんは困ったように苦笑すると、さっさとモップがけに戻ってしまった。これ以上教えてくれる気はなさそうだ。

揺れる煤《すす》色の法被が目につく。背中に白抜きで描かれているのは、三日月の先端に飾り紐を結んだ、うちの宿の紋だ。

その月が陰ったような気がして、私はなんだか嫌な予感に襲われた。

「宿をたたむ……？」

呆然とした私の呟きが、物の多い雑多な六畳の和室に落ちた。

一瞬の沈黙の後、「どうして!?」と声を張り上げて立ち上がる。お母さんはあくまで普段通りの調子で、「座りまっし」と方言で私を窘《たしな》めた。

……嫌な予感は、ものの見事に当たってしまった。

着替えも後回しで制服のまま居間に入れば、私の母・神ノ木結衣花《ゆいか》はテレビを見ながらカップのアイスを食べていた。今日は泊まり客もおらず休憩中なのか、仕事着の小紋ではなくラフな洋服姿で。

昨日も一昨日もアイスを食べていた気もするが、まあそこは問題ない。石川県民は日本で一番アイスを食べる。冬だろうと夏だろうと年がら年中アイスを食べるのだ。だからそこは問題じゃなくて、問題はお母さんがバニラアイスを咀嚼しながら放った一言だ。

「さっきも言うたがいね。私の代でこの宿はたたむつもりやって。今すぐやないけど、結月に継がせる気ないから」

「だからどうして!?」

「こんな宿を続けても先細りやし、私も体力なくなってきとるげんて」

こんな宿、という言い方にムッとする。

お母さんの口からそんな言葉聞きたくない。

「細々とでも今まで通りやっていけばいいじゃん！　お母さんがつらいなら、そのぶん私が働くし！」

お母さんのお母さん、つまり私の祖母の代から続くこの温泉宿は、母が現状ほぼ一人で切り盛りしている。父は私が小学校に上がる前に交通事故で亡くなり、従業員は臨時の朔太郎叔父さんと私だけ。

繁忙期などはパートを雇ったり、たまに近所のおばさま方が助っ人に来てくれたりもするが、やはりメインで回しているのは母だ。

それでも好評価でやってこられたのだから。

なにもたたむ必要はない。

しかし私の言い分に、お母さんはわざとらしくため息をついた。お客さんからツリ目美人と評判の顔が呆れたように歪む。

「ほれやって……あんた昔から、うちの宿を継ぐことしか考えてないやろ？」

「それがなに？　当たり前じゃん！　私の名前だって、おばあちゃんが宿の名前から取ったって言ってたし」

「そこは気にせんとこ。あんま関係ないやろ」

「あるよ、大事だよ！　だいたい私、高校卒業したら宿を継ぐつもりしかないから。

大学とか行く気ないからね！」

高校二年生の今。友達には夢のキャンパスライフとやらに向けて、今から受験勉強に精を出している者もいるが、うちの経済状況で大学は無理だ。というか、そもそも行きたいとは思っていない。

別に勉強は嫌いじゃないし、成績も悪くないけど、私は早く自分の手でこの宿を守れるようになりたいのだ。

「頑なにならんと、ちゃんと考えまっし。大学やなくても、もっとええとこに就職とか選択肢はいくらでもあるやろ。あんたはこんな宿にこだわりすぎや」

そこで私の中でなにかが弾けた。

「……なんでそんなこと言うの」

また『こんな宿』って。

脳のはしっこで叔父さんが「冷静にね？」と宥《なだ》めてきたが、私は気付けば「お母さんのバカ！」と子供のように叫んで、一目散に家を飛び出していた。

ポツポツと灯《とも》り出した街灯と、うちよりよほど立派な旅館が並ぶ通りを抜け、衝動のままに走る。

空には輪郭が浮かび出した白い月。

肌を掠める秋風は切りつけるようで痛い。

頭が冷える頃には辺りはすっかり暗くなっていた。温泉街の外れまで来て、人気《ひとけ》のないバス停前でようやく足を止める。

怒りがしぼめば、残るのは得も言われぬ虚しさだ。

「なにやっているんだろ、私……」

こんな時間に、こんな場所で、一人で。

今すぐ戻って、叔父さんの言うように心を落ち着けて、お母さんとしっかり話をしなくちゃいけないのに。これまでの人生、『月結いの宿』を継ぐということだけを目標に生きてきたため、それを揺るがされたショックが大きすぎる。宿のことを軽んじているような、お母さんのあっさりした態度だって受け入れられない。

家族で守ってきた大事な宿じゃないの？

大事なのは私だけ？

どうして、なんで、簡単にたたむなんて言えるの？

そんなことを考えながら、バス停の前で呆けていたときだった。

「え……っ」

——それは、音もなく現れた。

私の体より一回りは大きい、巨大な狗《いぬ》。いや、尖った耳や尻尾の形を見るに狐だろうか。それが一メートル先ほどの道路にお座りしてこちらをじっと見据えている。

ふわふわの被毛《ひもう》は薄闇にそのまま交わりそうな黒で、目だけが赤く爛々と輝いている。

あまりにも非現実的な生き物を前にして、私は開いた口が塞がらなかった。ようやく悲鳴を出せたのは、風のように近付いてきたその赤目の黒狐に、パクリと襟元を咥えられたときだ。

「は!?　え、ちょっ!?　急になによ、放して！　きゃっ!?」

ぽすんっ、と。

体が宙に浮いたかと思えば、今度はふかふかの毛にダイブする。私を強引にその背に乗せた黒狐が、「コーン」と短く一鳴きすると、私がさっきまでいた場所にあるはずのない鳥居が出現した。もうわけがわからない。

「なんなの……？」

朱塗りの厳《おごそ》かな鳥居の向こう。

そこは白い霧のようなものが立ちこめていて一寸先も見えなかった。

ただ本能的に、その先へは行ってはいけないと悟る。きっと鳥居を越えてしまえば、ここではない違う世界へと連れて行かれる。

しかし私が逃げ出そうとする前に、黒狐はその巨体を屈ませ、いとも簡単に鳥居をくぐり抜けてしまう。

「わっ……！」

視界が一気に白に覆われた。

そこで私は、体中を包むこれがただの霧ではないことに気付く。

「これ、湯けむり……？」

ほのかに温かく、慣れ親しんだ温泉の香りがする。間違いなくこれは湯けむりだ。

「なんで湯けむりが……あれ？　なんか頭がくらくらして……」

体温がじわりと上昇し、うっすらと汗が出てきた。かと思いきや、脳内がふわついて意識がおぼろげになってくる。それこそ温泉でのぼせた感覚に近い。

黒狐はどんどん湯けむりの中を進んでいく。

振り落とされないよう毛艶のいい背にしがみついたまま、私はゆるやかに意識を手放した。

＊＊＊

「ん……？　ここは……？」

目が覚めると私は、八畳ほどの和室に寝かされていた。

ペラい布団から身を起こして周囲を見回してみる。

まず視界に飛び込むのは、床の間に飾られた掛け軸。力強い字で『お客様によい湯とよい笑顔を』と書かれており、小さく『オキツネの宿一同』ともあった。温泉宿のスローガンっぽい。

床の間の傍には、切り絵で梅鉢紋が表現された箱行灯《はこあんどん》も置かれている。梅鉢紋は加賀藩前田家の家紋だ。ここは私の知る加賀温泉郷なのだろうか？　と、まだぼんやりした頭で考える。

入り口の襖《ふすま》はきっちり閉じられ、こちらは雲母《きら》引《び》きの桜柄だった。左右から靡《なび》くしだれ桜が描かれ、繊細なデザインが美しい。

室内は一つ一つを見れば趣があって、とても素敵な和室だと感じるのに……畳は古ぼけ、天井の木材は今にも朽ちかけ。壁には小さな穴が空いていて、なんというか全体的にボロいのが非常に残念である。

「あっ！　起きたんだね、よかった！」

しだれ桜が揺れた。襖が勢いよく開けられたのだ。

入ってきたのは、私とそう年頃の変わらない少女だった。

紅梅色の単衣《ひとえ》に、桜のワンポイントが真ん中に入った象牙色の帯をしている。袂《たもと》はたすき掛けされ、古きよき元気な仲居さんスタイルだ。その恰好自体は特に変わったところはないが、特筆すべきは少女の容姿。

鮮やかな新緑の瞳に、おかっぱに切りそろえられた髪は真っ白で、頭の上に同じく白い獣耳が生えていた。

もう一度言う、獣耳である。

「あ、あなた、なに……!? その耳は!?」

「あたしはシロエ。妖狐だよ」

「ようこ……？」

「狐のモノノケ。あたしは毛が白いから『白狐《はくこ》』とも呼ばれているよ！ 今は人間に化けているだけで、本当の姿は狐。ほら、尻尾も」

シロエがくるりと背を向ければ、帯の下あたりに確かに白い尻尾があった。耳と合わせてピクピク動いている。どうやら作り物ではなさそうだ。

そういえば私を拉致《らち》したのも、黒い大きな狐だったよね。

「ここはモノノケがやっている宿だから、あたしみたいなのばかりだよ。この温泉郷自体がそう。見てみる？」

愛嬌たっぷりに八重歯を覗かせて、シロエは襖と相対するガラス窓を開けた。私は急いで立ち上がって窓を覗き込む。

薄闇に浮かぶ景色は一面のピンク。この宿は山奥にあるらしく、眼下に連なるのは満開の桜と梅の木だった。今の季節は秋のはずなのにこれではまるで春だ。

よく見れば木々の合間からは白いけむりが立ち上っている。ここに来たときに包まれた湯けむりだろうか。そのけむりに交じり、オレンジの丸い灯りが宙にふよふよ漂っているが、どう見ても火の玉にしか見えなくて困る。

絶景だが理解が追い付かない。

ここはいったいなんなんだ。


「ここは加賀温泉郷の裏の顔――『加賀モノノケ温泉郷』ですよ」


私の疑問に答えるように、涼やかな声が耳を打った。

「だ、誰⁉」

いつのまにか部屋にはまた一人増えていて、背の高い男の人がゆったりと立っていた。彼も妖狐なのか、黄金色のふわふわの耳が頭に、何本もある尻尾がもふっと後ろから覗いている。数えてみれば九本あった。

しかしそちらよりも、その完成された佇まいについ見惚れてしまう。

端整な顔立ちは穏和な印象で、琥珀色の瞳はやわらかい。長い金髪は毛先の方を飾り紐で結わえ、右肩にふんわり垂らしている。

粋なのは男性用の黒の着物の上に、女性用の白を基調とした長羽織を掛けているところか。梅と桜を中心に草花模様が散るその羽織は、おそらく加賀友禅だ。

『加賀友禅』とは、加賀地方に古くから広まる伝統工芸のひとつ。臙脂《えんじ》色、藍色、古代紫色、草色、黄土色の『加賀五彩』と呼ばれる五色を使い、上品で落ち着いた色味が特徴だ。私も宿業で着物を着る機会があるのでそれなりに詳しいが、たしか京友禅と違って金加工や刺繍を用いず、染めの技法のみで作られているというのも加賀友禅ならではだったと思う。

加賀友禅は決してきらびやかではないが、ハッと目を引く風格がある。そう、まるでこの人そのものみたいに。

というかまず、明らかに人ではないけれども。

「はじめまして、神ノ木結月さん。僕は九尾《きゅうび》の妖狐、カガリと申します。この『オキツネの宿』の主《あるじ》です」

「カガリ……さん」

「この度はうちのクロエが強引にあなたを攫《さら》い、大変失礼いたしました。この通り、こちらで深く反省させております」

カガリさんがスッと体をズラすと、後ろにちょこんとお座りしている黒い子狐がいた。

話の流れ的に、私を攫ったあの黒狐だろうか？

初対面時とサイズが明らかに違うが、モノノケなら大きさくらい自由自在なのかな。首から『反省中』と書かれた木札を下げており、それが間抜けでちょっと笑える。

「オレは主様《ぬしさま》がなかなか行動しないから、代わりにソイツを連れてきただけだ。悪いことはなにもしてねぇ」

ふんっとクロエが顔を逸らす。

その動作はチビなので可愛らしいが、まったく反省していないじゃないか。

「あの！　そもそも、なんで私はこんなところに連れて来られたんですか？　モノノケって……モノノケ温泉郷ってなんなんですかっ！」

「『モノノケ』というのは、人間の理《ことわり》とは違う生き物たちのことです。『妖怪』や『あやかし』とも呼ばれますね」

カガリさんの返答に、私は瞳を瞬《またた》かせる。

「妖怪やあやかし、ですか」

「はい。昔の僕たちは人間と共存していたのですが、現代ではどうも生きづらく……自分たちの居場所を自分たちで確保しようと、モノノケだけの世界を、その地に住むモノノケたちが地方ごとに作ったわけです。ここがその世界で、人間の世界とつながっておりますが、基本的にはモノノケのみが出入りできます。ただ今でも、人間の世界に上手く馴染んで暮らすモノノケもいますけどね」

そういう存在の話は、本や漫画で見たことがある。

話を聞きながら浮かんだのは、子供の頃に出会ったあの白い靄だ。深く追究せず、『人間じゃないもの』というふわっとした認識だったけど……あれもモノノケだったのかな？　なんて、今更ながら思い当たる。

荒唐無稽な話のはずなのに、自分でも驚くほどすんなり受け止められているのは、過去にあの靄との出会いがあったからかもしれない。

「モノノケ温泉郷は、そんなモノノケが疲れを癒やすための場所。全国あちこちにありますよ。ここ『オキツネの宿』で働いているのは、僕の仲間である狐のモノノケばかりですが、お客様には様々なモノノケがいます。そしてあなたには、うちの宿の再興に協力して欲しいのです」

「お宿の再興……？」

「というのもですね……」

カガリさんはちょっぴり困ったように眉を下げる。彼が話を続ける前に、「おい！」と鋭く遮《さえぎ》ったのはクロエだ。

「その話、長くなるならオレとシロエは席を外すぜ。今夜は久しぶりに大物の客が来るんだ。準備がまだ途中なんだよ」

「あ、そうだった！　大変！」

シロエが尻尾を立たせて、ぴょんっと跳び上がる。よほどすごいお客様がこれから来店するらしく、私に「またね」と手を振ると、慌ただしく部屋を出ていってしまった。

クロエもトコトコとその後に続こうとするが、振り返ってなぜか私を睨む。

「……主様がやたら気に入っているから、わざわざ人間のお前を連れてきたんだ。少しは役に立てよ」

「こら、やめなさいクロエ」

おまけに捨て台詞のようなものを吐かれた。

クロエの言わんとすることはよくわからないが、とりあえずあの『反省中』が嘘なのだけはよくわかったよ。

「申し訳ありません、うちのクロエが……。熱心に宿のことを考えてくれた上での、今回の行動なのですが。どうか許してあげてください」

「え、ええっと……はい」

「ありがとうございます。ああ、もちろん用件さえ済めば、結月さんは元の世界にすぐお帰ししますので。どうか心配しないでくださいね」

安心させるように、カガリさんがふわりと微笑む。

こんな異常な状況なのに、物腰やわらかで春の陽光のような空気を持つカガリさんに、少しずつ気を許している自分がいた。

だって、モノノケだっていうのにカガリさんはまったく怖くないし、種族？　の違う私相手にも対応がものすごく丁寧だ。家にもちゃんと帰してもらえるみたいだし、あの生意気な黒狐のことも真摯に謝ってくれた。

悪い人……ううん、悪いモノノケじゃない気がする。

朔太郎叔父さんには以前、「結月ちゃんはしっかり者だけど、一度気を許すと相手にとことん甘くなるから心配だな」とか言われたことがあるけど。私は私の直感を信じたい。

「まだお客様がいらっしゃるまでに時間があります。よければ僕の宿を案内しながら、話の続きをさせてもらえませんか？」

……そう、なにより。

カガリさんからは、自分の宿を大事にしている気持ちが確《しか》と伝わってくるのだ。『僕の宿』っていう響き、好きだなって思う。

宿のことでお母さんと喧嘩した直後の私には、それは絆《ほだ》されるのに十分な理由だった。

「はい……カガリさんの宿、見てみたいです」

そう答えると、カガリさんは嬉しそうにまた笑った。

「この『加賀モノノケ温泉郷』は、人間たちが住む表の『加賀温泉郷』のように、四つの区域から成っています。そこにそれぞれひとつずつ、別のモノノケが経営する温泉宿があるのです。ここ『オキツネの宿』もその一つですね」

「加賀四湯じゃなくて、モノノケ四湯って感じなんですね」

「ふふっ、そうですね。それと人間の世界では四季とは巡るものですが、ここでは区域ごとに四季が同時に存在します。この宿の周りはずっと春ですが、別の区域に行くと夏だったりするんですよ」

「あ、だから桜と梅が満開に……」

そのあたりはさすが、モノノケの世界って感じだ。

カガリさんとぽつりぽつりと話しながら、並んで板張りの廊下を歩く。

途中、狐耳の従業員たちとすれ違ったが、みんなカガリさんに頭を下げるだけで、人間の私に驚いた様子はなかった。事前にカガリさんが私のことを伝えておいてくれたのもあるが、この温泉郷のモノノケたちは比較的、人間に友好的らしい。

つまり友好的じゃないモノノケもいるってことだけど……ここではひとまず、歩いているだけで舌打ちされたり襲われたりしなくてよかった。

「そちらの階段を下りてください。足元にはお気をつけて」

「あ、はい」

紳士的なカガリさんの案内に従って、ゆっくり一階へと続く階段を下りる。

この宿は三階建ての木造和風建築で、客室は十二室。さすがに私の家よりは大きいが、温泉宿としては決して大きい方ではないだろう。

私が寝かされていたのは最上階の『しだれ桜の間』という客室で、各部屋には春の花の名前がついていた。『飛梅の間』とか、『菊桃の間』とか。最上階には貸し切り展望風呂もひとつあり、そちらは『お花見の湯』という名だったが、確かにここだと万年花見ができるよねと変に納得してしまった。

今見て回った二階は宴会場と食事処。宴会場は大小二つあって、和食中心の食事処には『仕込み中』の札がかかっていた。モノノケもご飯なんて食べるの？　と疑問に思ったが、私たちと同じ食事を嗜好品として楽しむらしい。

肝心の温泉はこれから見に行くところだが……ここまでで、私のこの温泉宿への感想はひとつ。

――総じてもったいない！

だって、例えば一刀彫で施された桜模様の化粧柱だったり、春の山々が描かれた天井蒔絵《まきえ》だったり。客室にしても宴会場にしても、ところどころの意匠は凝っていて素晴らしいのに、『しだれ桜の間』と同じくやはりどこもボロいのだ。

　老舗感といえば聞こえはいいが、そういうのともまた違う。

うらぶれているというか、廃《すた》れているというか。

従業員はいてもお客さんが誰もいないのも気になる。たまたま泊まり客がゼロなだけならいいけど……廃業寸前オーラがすごいんだよね。

　この階段だってギシギシ嫌な音を立てているし。

「難しい顔をしてどうしました？　結月さん」

「い、いえ、なんでも……」

　階段を下りたところで、カガリさんが気遣わしげに私の顔を覗き込んでくる。透き通る琥珀色の瞳に吸い込まれそうだ。

「宿について、なにか思うことがあれば遠慮なくおっしゃってくださいね」って。最初にカガリさんにそう言われたけど、正直な感想なんて言えるわけないよね……。

「……やはり、すぐにわかってしまいますよね。うちの宿が潰れかけだということくらいは」

「へ!?　い、いえそんな……！」

「隠さないで大丈夫ですよ、事実ですから。実際に経営難でして……人間のように金銭がどうのというのとは、少し違いますが。このままでは、この宿はじきに消えてしまいます」

憂いを帯びた横顔を覗かせるカガリさん。

なんでも、この宿の建物自体が『妖力』というモノノケの力でできており、お客様が来て満足することでそのお客様から妖力をもらい、建物を維持していくという仕組みらしい。

つまりお客様が来ないと、物理的に宿そのものが衰退していく。

『消える』というのは、本当に宿が消滅するということなのだ。

「僕の宿は昔、もっと大きく部屋数もあり、どこも輝いていたのです。雨漏りだってしませんでした」

「するんですか、雨漏り……」

「ですが近年、他の三区のお宿にお客を取られ、みるみるうちにここまでボロボロに……。今は辛うじて、僕の妖力だけで持っている形です」

世知辛い事情だった。私の家も人のことは言えないけど。モノノケは人間よりはるかに長生きらしいが、そのぶんカガリさんは長い間、主としてこの宿を必死に守ってきたのだろうな。

重くなった空気を切り替えるように、カガリさんがずれた加賀友禅の羽織をそっと直す。それから私を真っ直ぐに見つめてきた。

「僕の宿の現状をお伝えした上で、改めてお願い致します。どうかこの『オキツネの宿』の再興に協力してくださいませんか？」

「協力って……でもあの、なにをすれば」

「たまにうちに来て、改善点などを述べてくれるだけでいいのです。再びお客を呼べるよう、一緒に考えてくれるだけで」

「とはいっても……」

私は温泉宿の娘とはいえ、簡単な手伝いくらいしかしていない若女将未満だ。そんな経営アドバイザーみたいなことをしても役に立てるとは思えない。

それにどうして私なのか。

人間の知恵を借りたいのなら、うちより大きくて立派な宿の女将さんにでも頼った方が絶対にいい。

だがそう告げると、カガリさんはふるりと首を横に振った。

「僕は人間に化けて、古今東西あらゆる人間の世界の温泉宿を巡ってきました。どこも素晴らしい宿ばかりでしたが、僕はあなたの家の『月結いの宿』が一番好きでした。人情味があり、温かい。僕の理想とするお宿だったのです」

「え……あ、ありがとうございます」

「だから頼むなら、『月結いの宿』の方にと決めていたのですよ」

不意の称賛が素直に嬉しくて、私は頬を赤らめてうつむく。寝ていたせいでシワになった制服のスカートが目に入った。

でもそれならやっぱり私より、いっそお母さんに頼った方がいい気も……とか考えたけど、『宿をたたむ』という発言を思い出して唇を噛む。

私の苦い表情に気付いているのかいないのか、カガリさんはあくまで穏やかに微笑むだけだ。

「また、結月さんに協力を頼みたい理由は、他にもありまして」

「他……？」

「それは……そうですね。この件をお引き受けしてくれるなら教えます」

なんだそれ、気になる。

本当に引き受けないと教えてくれないようで、カガリさんが人差し指を薄い唇に当てて内緒のポーズを取る。それがやけに様になっていた。

一見おっとりしているのに、意外にそういうところは抜け目ない。

でもモノノケからの頼みなんて易々《やすやす》と受けていいものか……。

うーんと頭を悩ませていると、カガリさんは「ああ、そろそろお客様のいらっしゃる時刻ですね」と窓の方に視線を向けた。

この温泉処へと続く廊下も、両側に丸窓が間隔を空けて続いていて、中庭に臨む方、外に臨む方、どちらも見応えのある景色が楽しめる。ガラスに無残なヒビさえ入っていなければ最高なんだけどな。

「本日、出羽国《でわのくに》からいらっしゃるのは、モノノケの中でも妖力の強いぬらりひょんのヤコウ様です。一等客室『千本桜の間』をご予約されての長期滞在になります」

「わ！　それは上客ですね！」

「まず泊まりのお客様が久方ぶりなので……」

「ほ、本当によかったですね」

出羽は秋田県や山形県あたりの東北地方か。ぬらりひょんは頭の大きなご老人の姿をしたモノノケだったかな。そんな上客なら少しはこの宿も持ちなおすかもしれないと、私まで安堵してしまう。

「じゃあ、おもてなしの邪魔をしないようにしなくちゃですね。早く温泉も見ちゃいましょう……って痛っ！」

率先して歩み出そうとしたところで、痛みを感じて立ち止まる。

階段横に置かれた台座上の花瓶。そこに活けられた桜の枝に、私の長い髪が引っ掛かってしまっていた。

いつもはポニーテールにしているのだが、クロエに連れてこられたときに髪ゴムが外れたらしく、そのまま結ばずにいたのだった。「動かないで」とやさしく言って、カガリさんが即座に白い指先で解いてくれる。

「す、すみません」

「いいえ。ここの花瓶の配置も変えた方がいいかもしれませんね。それと……結月さんにはこれを」

「これは……？」

カガリさんが着物の袂から取り出したのは、細い飾り紐だ。

シンプルな赤の組紐の両端には、玉結びになった桜色の水引細工がついている。「加賀水引ですよ」とカガリさんが囁いた。

加賀友禅と同じく地元の伝統工芸品で、それまでは平面的だった水引を、日本で初めて立体的で華やかな形に昇華させたのが『加賀水引』だ。本来の用途である祝い事のときはもちろんお土産《みやげ》にもぴったりで、うちの宿がある温泉街の土産物店でも、水引細工のストラップやアクセサリーは定番中の定番だ。

「それはクロエの件のお詫びとして差し上げます。僕とおそろいですよ」

茶目っ気たっぷりに、カガリさんが自分の髪を示す。よく見れば彼の黄金色の髪を纏めているのも、私に渡してくれた物とまったく同じ紐だった。

私の地元である石川県は伝統工芸品の宝庫で、あまり得意ではない歴史の授業によれば、歴代の藩主が文化政策を頑張ってきたおかげだとか。「この地で生まれたものはできるだけ僕も大切にしたいんです」と語るカガリさんは、ずいぶんと地元愛の強いモノノケみたいだ。

温泉宿の人間が地産の物を取り入れるのは定石だが、それがモノノケもだと思うとなんか面白い。

「じゃあ有難く頂きます。……どうですか？」

「よくお似合いですよ」

サッと髪を上げて紐で結んでみせれば、カガリさんは惜しみなく褒めてくれた。

このおキツネさんといるとやっぱり和むなあ……とほのぼのしていると、いきなり激しく床を蹴る音が響く。

「主様！　大変ですー！」

「どうかしましたか、シロエ」

尻尾をパタパタ振りながら走ってきたのはシロエで、愛らしい顔は泣きそうに歪んでいる。彼女の肩にはクロエもしがみついていて、こちらは赤い狐目をますますつり上げ、なにやら怒っているようだ。

只事《ただごと》ではなさそうな二匹（数え方はこれでいいのか不明だが）に、私も緊張する。

「あああ、あのあのあのですねっ！」

れました っ！」

「落ち着いて話してください」

「うう、すみません。実は…………ヤコウ様が直前になって、宿泊の予約を取り消さ
シロエの叫ぶような報告に、場がピシリと凍る。

万年春のはずなのに極寒のような空気。

それはそうだ。こんなギリギリでの当日予約キャンセル、しかも久方ぶりの当てにしていた上客からともなれば、人間だろうとモノノケだろうと宿側は凍りつく。キャンセル料なんてここにはないだろうし……。

だがそこはさすがご当主、よろめきながらも、カガリさんは持ち直して「理由はなんでしょう？」と尋ねる。

「……それがですね」

なんと噂のぬらりひょんは、『オキツネの宿』に向かう途中で別の宿の強引な勧誘に遇《あ》い、そちらに鞍替えしたのだという。

「うちを目の敵にしている『湯湧院《ゆわくいん》ポンポン』の仕業だよ！　ヤコウの旦那が『オキツネの宿』の客だと知って、わざと取ったんだ！　あの業突く張りの性悪ダヌキめ！」

クロエはずっと憤慨している。

どうやら他の宿というのは化け狸が運営しているところで、タヌキとキツネは日本

昔話のように敵対中らしい。

「うう……久しぶりにお客様をおもてなしできると思ったのに……」

「ちくしょう！　どうすんだよ、後がねぇぞ！　うちの宿が消えちまう……！」

「これはいよいよ困りましたね……」

ぺたんと耳と尻尾を萎れさせるシロエに、もふもふの頭を抱えるクロエ。カガリさんは秀麗な顔を顰《しか》めながら私をチラッと見てくる。

気のせいでなければ、急に壁がますます色褪せはじめ、天井からはパラパラと細かな木屑が降ってきた。窓ガラスのヒビがピシッと音を立てて広がる。マジで崩壊寸前じゃないか。

私が協力すれば、この宿を救えるかもしれないの……？

「結月さん……」

「わ、わかりました！　わかりましたから！」

ダメ押しのように名をカガリさんに呼ばれ、私は根負けした。

正直、私の経験値で役に立てるとは欠片も思えない。それでもカガリさんの自分の宿を守りたいという想いは、痛いほどわかるから。

「お宿の再興を手伝う件、お引き受けします……！」

なにか私でもできることがあるなら、やってやろうじゃないか。

「それでは一応、正式に契約を結んでおきましょうか。こちらの書類に署名をお願い致します」

「あ、はい……」

にこやかに差し出された紙ペラを、私はおずおずと受け取る。

私が協力を承諾してから、あれよあれよという間に『しだれ桜の間』に戻り、なぜか雇用契約とやらを取り交わす流れになった。

気分としてはボランティアだったのだが、カガリさんは私を『専属相談人』とかいう大層すぎる肩書きで雇うというのだ。しかもお給料まで払って。

聞けばカガリさんのお仲間の妖狐には、人間に扮して表の世界で働く者も多くおり、彼等とは取引して持ちつ持たれつの仲なのだとか。私のお給料はそちら経由で、ちゃんと人間の通貨で支払われるそうだ。

カガリさんは「たいした額ではありませんが……」と申し訳なさそうにしていたが、高校生の私からすればたいした金額だ。

いや、家の仕事の手伝いばかりでバイトなどしたことがないので、基準はいまいちわからないけど。

「週に何度か、結月さんがお暇なときに顔を出してくれるくらいでいいですよ。学業もあるでしょうし、お家《うち》の手伝いもあるでしょう？」

「ありますけど……顔を出すだけでお給料なんてもらえませんよ。どうせ来るなら掃除でも雑用でも、なんでもいいからやらせてください。その上で、その、お客さんを取り戻す方法をがんばって考えます」

「助かります。さすがですね」

アドバイスをしようにも、まずこの宿のことをもっと知らないとなにも提案できない。そして宿のことを知るには、下っ端としてでも実際に働いてみるのが一番だ。

……お母さんも『仕事の基本は現場の把握や。まずは自分で動いてみまっし！』ってことあるごとに言っていたし。

私は共に渡された万年筆でサインして、書類をカガリさんに戻す。彼は満足そうに受け取った。

「これからよろしくお願い致しますね、結月さん」

「……こちらこそ、よろしくお願いします」

小さく頭を下げ合った後、カガリさんはふふっと笑い、優雅な所作で座布団から立ち上がった。

「さてそろそろ、結月さんを人間の世界にお帰ししないといけませんね。今回は僕が責任もってお送りします。次からこちら側に来る方法は、ご説明した通りに」

「それは大丈夫です、覚えました。……ただ、えっと」

いざ帰るとなると、お母さんと喧嘩中な事実が胸に引っ掛かる。あのときは私も冷静さを欠いていた。

……宿をたたむことについては、当然これっぽっちも納得していないけど。

そのこととは別に、子供っぽい態度を取って家を飛び出したことは謝らないと。

だがカガリさんに聞いたところ、私がクロエに攫われてからもう二時間近く経っているという。モノノケ世界も人間の世界も、時間の流れは同じらしい。

それだけ娘が夜に失踪していたらお母さん、心配しているかな。怒っているかも。

やっぱりだんだん、家に帰るのが怖くなってきた。

「……お母様とすれ違いがあったようですが、大丈夫ですよ。臆せず『ただいま』と帰って、『ごめんなさい』と謝って。向き合って話をしてみてください」

「えっ……」

注がれる琥珀色の眼差しは、やさしく慈しむような色をしている。

私、お母さんと喧嘩したことなんて、カガリさんに話したっけ？

疑問を抱くが尋ねることはできなかった。視界がぼやけて、強い睡魔に襲われる。

瞼がどんどん重くなってきた。

カガリさんの唇が優しく弧を描き、「またお待ちしています」と告げたが最後、私の意識は本日二回目の闇に吸い込まれていった。

＊　＊　＊

気が付くと、私はバス停の前に立っていた。

満月が煌々と輝く空の下、虫の音だけが細く高く鳴っている。少し歩けば温泉街へと続くコンクリートの道路は、私にとって馴染んだ道だ。

「帰ってきたんだよね……？」

一瞬、すべてが夢だったのかとさえ思ったが、夢ではないことは髪を括《くく》る飾り紐が証明している。

手を伸ばしてみれば、水引の玉が指先に触れた。「よくお似合いですよ」と褒めてくれたカガリさんの声が、耳奥にやわらかな反響を残している。

「……帰ろう」

彼が背を押してくれたように、『ただいま』と『ごめんなさい』をお母さんに言いに。

私は月を道標にゆるゆると歩き出す。

夜が本番の温泉街は、どの店も各々《おのおの》の灯りをつけて、見慣れた光景なのにやけに綺麗に見えた。満開の桜なんてないけど、色付き始めた山々の景色も悪くない。

「お母さん……」

「おかえり」

自宅である『月結いの宿』に着けば、お母さんが玄関先で腕を組んで待っていた。今日は泊まり客の予定はなかったけど、日帰り湯の客はいるのか、なんだか宿内から賑やかな声がする。

お母さんはきっちり煤色の小紋を着て、女将の恰好をしていた。その立ち姿はやっぱり憧れでカッコいい。

「た、ただいま……それと、急に家を飛び出して、バカとか言ってごめんなさい」

その言葉たちは存外素直に口から出てくれた。まだ気まずさは残っているけど、潔く頭を下げる。

お母さんは「ええから入りまっし」と、昔ながらの引き戸の前から体をズラした。

「私も頭ごなしに言い過ぎたわ。いきなり宿をたたむなんて、あんただって混乱するわな」

「！　じゃあ……！」

「けんど、私の考えは変わらんから」

戸に向かおうとしていた足先を止める。

つまり、私に宿を継がせる気はやっぱりないということだ。

だけどここは私だって譲れない。

今度こそ冷静に、宿を守りたいという私の意志を伝えようとしたときだ。お母さんは「ただし」と付け足した。

「あんたが、うちの宿をやってけるだけ大きなったなあと思たら、考え直したる」

「大きなったら……？」

「ねんねを卒業したら、ってことや」

『ねんね』とは地元の方言で『子供』の意味だ。響き的に赤ちゃんとか小さな子供を連想させるけど、このあたりでは我が子のことはみんな『ねんね』と表現する。

でもたぶん……お母さんはそのまま、私のことを『お子様』だと言いたいのだろう。年齢的な意味だけでなく、振る舞いとか考え方とかいろいろ。宿を託すには、私はまだまだ頼りない子供なのだ。

「……お母さんが私のこと、『大きくなった』って認めてくれたら、宿はたたまないでくれる？」

「ほうやな。そんときはあんたの好きにしまっし」

「や、約束だよ！」

お母さんが無言で頷いたのを見て、私はようやく安堵して家の敷居を跨げた。言質《げんち》は取った。後は私の日々の行いでアピールしていくしかない。

それと、お母さんの横を通り過ぎるとき、何気なく伝えておく。

「あと私、明日からバイト始めようかなって。その、と、友達の知り合いがやっている温泉宿で。臨時の手伝いみたいな感じだけど……大変そうだから、助けてあげたくて」

「……ええがんない？」

意外にもお母さんはそう肯定しただけで、それ以上なにも追及してこなかった。知り合いって誰とか、なんで急にとか、そんなことは一切聞かれない。

それを不思議に思いつつ、これ幸いと黙って靴を脱ぐ。玄関先には様子を窺っていたらしい朔太郎叔父さんもいて、「意地っ張りな似た者親子だよね」と呟きながら、やれやれと肩を竦めていた。

意地っ張り上等だ。

これはうちの宿の存続をかけた、私とお母さんの一騎討ちなんだから。

自分の部屋へと向かう途中、窓ガラスに映った私の顔はやる気に満ちていて、あんなとんでもないことに巻き込まれたわりに、意外にも元気そうだった。長い髪を翻せば、水引の玉が合わせて揺れる。

カガリさんの瞳のような満月を見上げながら、明日からまた新しく頑張ろうと、そう思った。

第二章

凍れる思い出の湯

「ユヅ！　今日この後って暇？」

「なにかあるの？　ミナ」

金曜日の放課後の教室。

席で帰り支度をしていた私のもとに、クラスメイトの花本美波《はなもとみなみ》、通称ミナがひょっこりとやってきた。私のことを『ユヅ』とあだ名で呼ぶ彼女は小学校からの親友だ。

癖の強いショートカットの髪がぴょんっと跳ねる。

「雑誌で見た新しいカフェがお洒落でさ。一緒に行きたくて」

「部活はいいの？」

「今日は顧問の都合で休み！」

私が通うこの公立高校は、偏差値は中の中で、どちらかというと部活動の方が活発である。私は帰宅部だけど、しなやかな体つきでいかにもスポーツ少女なミナは、女子バスケ部の期待のエースだ。

スクールバッグから地元の情報雑誌を取り出して、ミナが「ほら、ここ」と見開きのページを見せてくる。

「お店もかわいいし、このパンケーキもおいしそうじゃない？」

『カフェ特集』と書かれたページには、店内や料理を写した見栄えのいい写真、レイアウトも凝った紹介文などが躍っていた。ミナが示す記事は特に惹かれる要素満載で、第一印象で「あ、行ってみたいかも」などと興味を抱く。

しかし答えは最初から決まっていて、私は「ごめん」と首を横に振った。

「今日はこの後用事があるんだ」

「えー！　また家の宿のお手伝い？　真面目だねえ、ユヅは」

「いや、えっと、今日はバイトに……」

「バイト!?」

ミナが驚いたように目を丸くする。

――モノノケの世界に足を踏み入れ、『オキツネの宿』の立て直しに協力すると決めてから、早一週間とちょっと。

すでに私は何度もいそいそとあちらに出向いている。基本的には平日の学校が終わった後か土日のどちらか、うちの宿が忙しくないときのみだが、だんだんと四季のおかしいあの空間にも慣れてきた。

それにうちの宿は今、自分の仕事が暇な朔太郎叔父さんが住み込みで働いてくれているので、人手はまあまあ足りているのだ。

今日も今日とて、化け狐たちに会いに行く予定である。

「ユヅがバイトとか超意外。どこで働いてるの？」

「うーんと、知り合いの宿の臨時スタッフみたいな……」

「また温泉宿!?　たまには違うことすればいいのにー。それに働き詰めじゃん！　遊ぶことだって大事だよ？」

改めてそう言われると一理ある気もしたが、いやいや今は遊ぶよりもお仕事！　とすぐに思い直す。

「本当にごめんね。私そろそろ行かなくちゃ。またね！」

「もー！　また今度も誘うから！　次こそは行こうね！」

拗ねたように頬を膨らませるミナに、「了解です」と苦笑しながら手を振って、私は教室を後にした。


学校を出て少し歩き、人気がないことを確認して路地裏に入る。そこでスカートのポケットから、あの水引玉のついた飾り紐を引っ張り出した。学校でこれを結ぶのは校則違反なので、こうしてこっそり持ち歩いている。

黒い髪ゴムを外し、飾り紐で髪をまとめ直す。

「よし」

それから私は、ほんのわずかな羞恥を押しやりつつ、小声で「コンコンコン」と狐の鳴き真似を三回繰り返した。開けゴマ、みたいな呪文だ。

するといつのまにか、ちょうど私一人がくぐれる大きさの鳥居が目の前に立っていた。鮮やかな朱塗りのそれは、クロエに攫われたときに出現したものと同じだ。

「何度やっても不思議……」

これは、『加賀モノノケ温泉郷』へと繋がる鳥居。

カガリさんいわく、私の住むこの加賀エリアから金沢エリアくらいまでなら、どこからでも繋げられて、この鳥居自体は普通の人には見えない。また、通る人のサイズに合わせてくれるため、クロエのときはもう少し大きく、私のときはこのように小さいのだ。

人間が鳥居を開くためには、モノノケの妖力が込められた物と、その妖力の主が決めた呪文が必要。

私の場合はカガリさんのくれた飾り紐と、『コンコンコン』という鳴き真似だ。

……つまりカガリさんは、この飾り紐を私に渡した時点で、すでに私をモノノケ世界に通わせるつもりだった、とも取れる。

「やっぱりカガリさんって、あなどれないかも……」

彼のゆったりした笑顔に弱い私だが、カガリさんだってモノノケ。もっと警戒心を強めるべきなのか……。

そんなことを悩みながら鳥居をくぐり抜ける。

するとぶわっと、湯けむりに視界を遮られた。

この湯けむりには様々なモノノケの妖力が混じっており、最初にクロエに拐われたとき、人間の私はその妖力にあてられてのぼせたように気絶したらしい。今は「あったかいな」くらいで平気なのは、これもカガリさんからもらった飾り紐のおかげだ。持ち主を害するものを退ける、魔除けのお守りにもなるんだって。

やがて湯けむりが晴れて、満開の桜と梅に囲まれた建物が現れる。昔ながらの建築様式で、玄関には左右に並び立つ背の高い外灯。入り口にかけられた、桜マーク入りの暖簾《のれん》がゆれている。

全体的に古い造りながら、外灯の花の蕾を模したデザインや、三階の高欄の一ヶ所が梅鉢紋形の透かし彫りになっているなど、細やかなお洒落さも窺える。

何度でもしつこく言うが、これで廃屋のようなボロさが無ければ、外観もかなり高評価なんだけど。

「やっと来たか。おせぇぞ、結月」

「え、外で待っていてくれたの？」

夕暮れに染まり出した空の下、玄関の柱を背に立っていたのは、私と歳の近い黒髪の美少年だ。サラサラの長い前髪から覗く瞳は赤く尖っている。胸元に桜のワンポイントがある象牙色の作務衣を着て、頭にはお約束のように黒い狐耳、背からはみ出るのは黒い尻尾。

なにを隠そう、『オキツネの宿』の番頭だというクロエの人間バージョンである。

「待ってねえよ！　今日は離れの蔵掃除だって言っただろ。シロエがもう作業を始めているから、お前を蔵まで連れてくのがオレの仕事になっただけだ！」

「だから待っていてくれたんじゃん」

「待ってねえ！」

クロエは見た目イケメンになってもぎゃんぎゃんとうるさい。狐だからコンコンかな？

彼の本当の姿は、初対面時のあの大きな黒狐。子狐の姿は罰として『反省中』の札で妖力を抑えられていただけで、本人的には不本意な見てくれだったらしい。あっちの方が可愛かったのに。

「今のところ掃除しか役に立ってないんだからちゃんとやれよな！」

「わかってるよ、騒音狐」

「誰が騒音狐だ！」

不機嫌そうに裏手に向かうクロエに私も続く。

しかし残念ながら彼の言うことは正しく、私はここに顔を出してはいるものの、主に掃除を手伝っているだけで『専属相談人』としての成果はまだ挙げられていない。

まず私が来てから一度も客の姿を見たことがなく、今月はまだゼロ記録を更新中だとか。この様子だとまた泊まり客の予約はなかったようで、宿は日に日に廃れるばかり。相も変わらずの崖っぷちだ。

「早くなんとかしなきゃね……」

「おい、立ち止まるなよ！」

「はいはい」

クロエに文句を飛ばされながら、程なくして白漆喰《しっくい》の蔵に辿り着く。宿の備品や資料が詰め込まれている蔵はそれなりに大きく、戸を開けようとしたらちょうどシロエが出てきた。ケホケホと咳《せき》をして「着替えたほうがいいよ」と忠告してくれたので、先に制服が汚れないようにお着替えをする。シロエと同じ紅梅色の単衣を借りて、いつもどおり掃除に精を出した。

予約なしの泊まり客や日帰り湯の客も受け入れているので、お客が来たらもちろんそちら優先だけど、そっちも今のところゼロらしいので……つらい。

ホコリを掃《はら》いながらの作業中。宿が流行っていた時代から、仲居頭を務めているというシロエは、「早くまたたくさんのお客様をおもてなししたいなあ」と何度もこぼしていた。

「結月ちゃん、お湯加減どう？」

「ちょうどいいよ、最高」

作業が一区切りついたところで、私とシロエは休憩を取った。

中庭に建つ屋根付きの足湯処で、疲れた足を源泉百パーセントの湯に浸し、その心地よさに息をつく。

この宿の源泉は塩分を多く含む塩化物泉で、お湯は無色透明だ。湯の底では桜色の敷石が淡く光っている。塩化物泉は『熱の湯』とも呼ばれるほど保温効果が高く、冷え症や神経痛などにいい。うちの『月結いの宿』の源泉も塩化物泉なので、どこか慣れ親しんだやさしい湯にはホッとする。

モノノケ世界も人間世界も、温泉がもたらす『癒やし』は一緒でよかった。

「はい、休憩中のお供にどうぞ！　『オキツネの宿』特製温泉まんじゅうと、加賀棒茶だよ！」

「ありがとう、シロエ」

傍に屈んだシロエが、甲斐甲斐しくお盆に載せたお茶セットを手渡してくれた。このお茶セットは本来、湯上がりのお客様に対する無料サービスのようなものだとか。

「いただきます」

足湯に浸かりながら舞い散る桜を眺め、お茶とお菓子で一服できるなんて乙だ。温泉の蒸気で蒸された温泉まんじゅうは、狐の顔の焼印入りでさっぱりした甘さがおいしい。湯呑みの中で揺れる加賀棒茶との相性も抜群だった。

加賀棒茶は地元生まれの『ほうじ茶』で、私の一番好きなお茶でもある。茶葉を焙《ほう》じる普通のほうじ茶と違い、加賀棒茶は茶の茎部分だけを焙煎して作るので、味に深みがあって独特の芳《こう》ばしさがクセになるのだ。

お茶セットを締まりのない顔で味わう私に、シロエはにこにこと嬉しそう。白い尻尾がブンブンと忙しなく振られている。

彼女は自分の用意したもてなしで、誰かに喜んでもらえることが心から好きなのだろう。お客さんの笑顔で元気になれる感覚は、私にだって覚えがある。

……はやくシロエにも、掃除以外の仕事を思いっきりさせてあげたいな。

そんなことを考えて、程よく冷めた棒茶をすすったときだった。「おい」と無粋な声が女子会に割って入る。

「お前らなにサボってんだよ。人に重たいもの運ばせといて！」

大量の冊子やら巻物やらを抱えたクロエが、私たちをギロリと睨みつけていた。クロエは蔵から要らない資料を運び出しているところで、後でまとめて燃やすつもりらしい。

「別にサボってないもん。ちゃんと仕事が落ち着いたからの休憩だもん。ねえ、結月ちゃん！」

「そうそう。あ、クロエも食べる？　ラスト一個の温泉まんじゅう」

「食うけど！」

　食うんだ。

　クロエはずかずかとこちらに来る。ドサッと荒々しく資料を傍らに置くと、私の右隣にあぐらをかいて座った。手を伸ばしてお盆からラストのまんじゅうを持っていく。

「素直じゃないよね」

「ねー」

　左隣のシロエと顔を見合わせて笑う。この一週間で私はすっかり『オキツネの宿』の従業員たちと意気投合し、特にシロエとは気が合って仲良くなった。ここのキツネたちは主であるカガリさんの影響か、モノノケだけどみんな妙に親しみやすい。

「ところで、この資料ってどんなものなの？」

「あ？　いろいろあるぞ。例えば、それは『閻魔《えんま》帳』」

　まんじゅう片手に、口は悪いが面倒見はわりといいクロエが、律儀に私の質問に答えてくれる。

なんとなく手に取った黒い巻物は物騒な名称だった。足湯に落とさないように気をつけて開いてみれば、ツラツラとモノノケの種族と個々の名前が墨字で並んでいる。

「閻魔帳は、うちも含めた全国の温泉郷で、問題を起こして出禁になった奴等の一覧だよ。モノノケは今でこそ、人間の規律を取り入れて常識的な奴が増えたけど、本質は自分勝手な奴ばっかりだからな。特にそこに名のある奴等は危ないから出入り禁止。いくら客が欲しくても問題客はお断りだ」

「つまりブラックリストってことね」

「万が一来たらオレが追い返す。人間を見つけたら悪さを仕掛けてくる奴も多いから、お前も気を付けとけよ」

「ええ？　それならこれ、燃やさずに取っておいてよ。種族すら知らないモノノケが多くて覚えきれないって」

中には知っている有名どころもいたが、ぜんぶ把握するのはさすがに無理だ。私はさりげなく巻物を避《よ》けておく。

もしかして他にも、私が目を通した方がいい資料があるのでは？

宿の立て直しに役立つ情報も見つけられるかもしれない。

「そっちは顧客台帳、古いやつだな。全盛期のだから名前がぎっしりだ。今はスカスカだけど」

「悲しいこと言わないでよ……」

「こっちは『モノノケ瓦版』だね！　人間の世界でいう新聞だよ。この世界のは一部持っていれば毎日勝手に書き換わっていくの。『鴉天狗《からすてんぐ》瓦版社』っていうのがあるんだけど、彼らが大元の記事を更新したら反映されるって仕組み。これはもう紙がボロボロだから捨てていいけど、主様は別のを毎朝ちゃんと確認しているよ！」

「紙の新聞っていうより、その機能はＷｅｂサイトっぽいね」

なかなか興味深くて面白い。

私は湯の中で足先を揺らしながら、真剣に資料の吟味をはじめた。

「この分厚い冊子は？」

「それは『湯めぐり百科』！　全国のモノノケ温泉郷の宿紹介とか番付が載っている通《ツウ》向けの冊子だね。だいたいは口コミからだけど、これを見て予約をしてくれる温泉好きなモノノケもいるかな？」

シロエの言葉にピクッと反応する。

モノノケ温泉郷にとって『湯めぐり百科』がお客さんを呼び込むためのツールのひとつなら、その宿の紹介記事はなかなかに重要だろう。

「だいぶ昔に掲載したっきりだったな、それ。存在自体忘れてたぜ」

これも瓦版と同じＷｅｂサイト方式で、記事を新しくしたければ宿側で自由に書き替えればいいらしいが、クロエの口振りだと古いままのようだ。

ミナに見せてもらった雑誌みたいに、見映えのいい記事ならいいけど……と危惧しつつ、地域別で探して『加賀モノノケ温泉郷』のページを見つける。四大宿が掲載されていたが、『オキツネの宿』の記事を一目見て、これはダメだと瞬時に悟った。

「……クロエ、シロエ、蔵掃除はいったん中止。今からカガリさんも入れて緊急会議をするよ」

「はあ？　なんでだよ」

「どうしたの、結月ちゃん？」

「いいからとにかく会議！」

これは早急に対策を取らないと！


「なるほど、この百科についてはすっかり失念していましたね……」

「今時これだとお客さんは呼べませんよ、カガリさん！」

おっとりマイペースなカガリさんに、私は『湯めぐり百科』を突きつける。

ここは宿の裏手にある、従業員が住まう二階建ての宿舎。こちらも建物自体が例によってボロい。私の後ろに控えているクロエやシロエも、普段はこちらで寝泊まりしているという。

　その宿舎内にあるカガリさんの書斎に押しかけたわけだが、狭い室内には年代物の文机《ふづくえ》や本棚が置かれ、イメージ的には昔の文豪の部屋っぽい。文机の上には書きかけの手紙が、小窓から入り込む風に晒されていた。

　カガリさんは座したまま私の手から『湯めぐり百科』を受け取ると、「ふむ」と琥珀色の瞳を細める。

「確かに、速やかに新しい記事に差し替えた方がよさそうですね」

　他の三つのお宿は、人間に交じって暮らすモノノケの手でも借りたのか、おしゃれにデザインされたカラーの写真付き記事で、普通に私たちの世界でも通用する出来だった。

　それに比べて『オキツネの宿』は、まず写真なんてなし。ただただ宿の概要を、手書きの墨一色で淡々と掲載しているだけ。シンプルイズベストにしたってシンプルすぎる。説明書じゃないんだから。

「ここは他のお宿を見習って、もっと興味を持ってもらえる今時の記事にしましょう。少しは効果があるかもしれません。というか私にやらせてください！」

　拳を握って力説する。

　こういう宣伝とか広報面は、カガリさんも含めて『オキツネの宿』のみんなはどうにも疎そうだ。そんなところに力を入れずとも、今まで栄えていたから今ひとつピンと来ないのだろう。

私も専門知識などはぜんぜんないし、本格的なものは無理だが、現状よりはマシなものを作れる自信はある。あとちょっと頼る当てがないこともない。

せっかく役に立てそうなことを見つけたので、ぜひ私に任せて欲しかった。

「そうですね……それではお願いします、結月さん」

「はい！」

私が勇んで返事をすれば、カガリさんは「期待しております」とふんわり微笑みを返してくれた。


こうしてご当主の許可を取り、私は立て直しの第一歩としてお宿の紹介記事を作ることになった。

それにあたっての頼る当て、というのはずばり朔太郎叔父さんだ。

叔父さんはフリーになる前は広告会社勤めのカメラマンで、職業柄デザイン関係の知り合いも多く、普通の人よりはそちら方面の知識がある。パソコン作業にも強いため、全面的にアドバイスをもらいまくった。当然モノノケ云々《うんぬん》のことは伏せつつ……

叔父さんはただでさえ、ホラー系がダメな怖がりだしね。

紹介文に関してはクロエやシロエとも相談して知恵を絞り、写真も叔父さんから初心者向けのカメラを借りて『オキツネの宿』の外観を数枚撮影。

人間のカメラでちゃんと写るのかな？　といささか心配したが、カガリさんがなにやら術を施すと、問題なくはっきり撮れたのでよかった。宿はオンボロだが元はいいため、試行錯誤の末に見られるようにはなったと思う。

そんなふうに各方面の助けも借りて、私は記事制作を進めていった。

「……うん、悪くないよね」

誰もいない放課後の教室で、自分なりにパソコンで記事を作り、プリントアウトした紙を前に一人で何度も頷く。

記事を作り出してからちょうど一週間。どうにか納得のいく形に仕上げられたので、今日はこの後、手元にあるこの完成品をカガリさんに提出する予定だ。今はその最終チェック中である。

カガリさんからＯＫさえもらえれば、これを『湯めぐり百科』の宿のページにペタリと貼り付けるだけ。すると発行されているすべての百科において、古い記事は上書きされ、貼った記事がそのまま新しい一ページになるという。

焼け石に水で客寄せ効果なんて出ないかもしれないけど、やらないよりやってみればいいよね、何事も。

「あれ？　ユヅ、まだ帰ってなかったの？」

「ひゃっ！　ミ、ミナ⁉」

そこでいきなりドアが開いて、油断していた私は大袈裟に肩を跳ねさせる。顔を出したのは、肩にタオルをかけたジャージ姿のミナだった。

慌てて記事の紙を裏返す私に、ミナは「なに変な声出して」とケラケラ笑っている。

「教室に残ってなにしてたの？」

「え、えっと、出された課題をちょっと片付けていて……ミ、ミナは？　部活の途中だよね？」

「うん、今は休憩中。教室に忘れ物したから、覚えているうちに取りにきたの」

そう言ってミナは私の斜め前の机を漁《あさ》る。お目当ての物はすぐに見つかったようだが、「でもユヅがいてちょうどよかった」と私の方を振り返った。

「さっきさ、女バスの仲良しメンバーで紅葉狩り行きたいねーって話が出ていて。それならユヅも呼ぼうよってなったんだけど、どうかな？」

「紅葉狩り……？」

「この前見せた雑誌、あれ先月号なんだけど、今月号はカフェじゃなくて地元の紅葉特集でさ。来週末あたり『那谷寺《なたでら》』が見頃みたいで」

那谷寺は小松市にある寺院で、金沢の『兼六園』と並んで石川県の二大紅葉スポットだ。半日かけても見きれない広い境内には、重要文化財に指定された貴重な建造物が数多くある。

子供の頃に家族で行ったきりだが、私が特に推したいのは国の指定名勝にもなっている『奇岩遊仙境《きがんゆうせんきょう》』。自然が生んだ壮大な岩山は、独特の迫力があって圧倒されてしまう。紅葉の中だとことさら見応えがありそうだ。

ミナの方は「庚申《こうしん》さんに『ハイスペック彼氏ができますように』ってお参りするの！」と、また別の目的もあるみたいだけど。

那谷寺はパワースポットとしても有名で、古くから縁結びの神様として信仰される『庚申塚』もある。赤い糸でお札《ふだ》を結び、庚申さんにお祈りすれば、良縁を引き寄せてくれるのだ。

「お守りとかも買いたいしさ、ユヅも行こうよ！　ユカやナホ、チサキも来るよ？　ユカの兄貴が車出してくれるって。今がチャンス！」

「チャンスって……来週末かあ」

これといった用事はないけど、基本的に週末はうちの宿かカガリさんの宿か、どちらかの手伝いで一日を費やすのがいつもの流れだ。

ただ『オキツネの宿』で春の景色ばかり見ているせいか、秋らしく紅葉狩りを楽しみたい気持ちはある。

それにミナと同じで小学校からの友人である女バスメンバーとは、クラスも違って最近ご無沙汰だったし、たまにはみんなで遊びに行くのもいいかもしれない。ミナの誘いを立て続けに無下にするのも忍びないし……。

「……い、行こうかな」

「えっ！　マジで来てくれるの⁉」

大袈裟に驚くミナに、こくりと頷いて返す。彼女は「やった、約束だからね⁉」と私に念を押すと、足取り軽く部活へと戻っていった。静かになった教室で改めて記事を見返しつつ、心の半分は紅葉狩りに想いを馳せる。

そういえば家の手伝いばかりで、ミナと一緒に出掛けるのもずいぶんと久しぶりだ。

「来週末、楽しみだな」

頬を緩めて、私は知らず知らずそう呟いていた。

＊　＊　＊

さて、その朗報が飛び込んできたのは、それから三日後のことだ。

「ユーヅーキーちゃーん！」

「わっ！　どうしたの、シロエ!?」

今日も変わらず学校帰りに『オキツネの宿』にお邪魔し、お客様は来る気配もなくひたすら掃除。客室の窓ふきを念入りにしていたときだった。

いきなり現れたシロエが、ものすごい跳躍を見せて私に抱き着いてきたのだ。

「わーん！　ついに来たよ、やっと来たよ！　結月ちゃんのおかげだよー！」

「な、なにが来たの？　というかくすぐったいって……！」

私の胸にスリスリとシロエが頬擦りしているせいで、彼女の狐耳が首のあたりをもふもふ刺激する。雑巾を片手に身を捩《よじ》っていたら、シロエは感極まった声で「予約だよ！」と叫んだ。

「お客様からお泊まりの予約がきたの！」

「うそ!?」

「本当！　お一人様で二泊三日！　『湯めぐり百科』を通してだから結月ちゃんのおかげだよ！」

まさかそんな、ちゃんと記事の効果が出るなんて。しかもこんなに早く。

カガリさんに見せたら一発ＯＫで、無事に掲載できた私の手作り記事。そのうち誰かの目にでも留まれば上々……という気持ちだったので、正直シロエの言うことには半信半疑だ。うまく行き過ぎてちょっと怖い気さえする。

でも私からようやく離れ、畳の上でぴょんぴょん飛び跳ねるシロエがかなり盛り上がっているので、ここは私も素直に喜んでおく。お客様がやっと来てくれるなら、勝負はここからだしね。

「どんなお客様がいらっしゃるの？」

「それがまだわからないの。お名前だけの予約でさ。越後から来る『ツララ様』っていう方。なんのモノノケなんだろうね」

『湯めぐり百科』の巻末にある『予約表』に記入すると、こちらにその内容が届く仕組みだそうだが、お客様情報はだいぶざっくりしている。越後というと新潟だったかな……？

人間の私と違って、モノノケたちは鳥居で繋げる範囲が決まっていない。場所を指定して鳥居をくぐれば、人間の世界だろうがモノノケの世界だろうが、どこからでも好きなところに行けるというのだから、旅行しやすくて羨ましい限りだ。

しかも「いついらっしゃるの？」と聞いたら「四日後だよ」と返ってきた。かなり急じゃない!?　と慄《おのの》くが、ほいほい宿を鞍替えして当日キャンセルしてきたぬらりひょんしかり、モノノケたちはそのあたり人間より自由そうなのでそんなものなのかもしれない。

より柔軟な対応力が必要、と心にメモしておく。

「……ん？　というか四日後って今週末……？」

ふと、紅葉を見に行く予定と被っていることに気付く。

いや、でも、さしてそこは問題ないのかな？　私が四六時中ここにいる必要はないわけだし。

ちなみにお母さんに遊びに行くことを伝えたら、「いいがいや、ちゃんと友達は大事にしまっし」と言われてしまった。宿のことを後回しで遊ぶなんて……と、ますます『ねんね卒業』が遠退くのではと少し気がかりだったのだけど、お母さんはむしろちょっぴり安心した？　顔をしていた気がする。

カガリさんも似た反応で、「そちらを優先してくださいね」と微笑んでいたし。

なんというか、どちらも子供を見守る『大人の顔』って感じで、むず痒いやら悔しいやら……複雑な心境だった。

「おやおや、シロエは我を忘れてはしゃいでいますね」

加賀友禅の羽織を揺らして、音もなく部屋に入ってきたのはカガリさんだ。後ろには作務衣姿のクロエもいる。カガリさんは私と目が合うと、「結月さんの記事がお客様を呼んだのですね」とやんわり瞳を細めた。

「い、いえ、タイミングがたまたま被ったただけなので……」

「そんなことはありませんよ。結月さんが一生懸命にうちの宿を紹介してくれたから、お客様が訪れたいと思ってくださったのです」

相変わらず、カガリさんの言動は気遣いにあふれていてやわらかい。私は気恥ずかしくなって顔を逸らしてしまう。

よくよく耳を澄ませば、部屋の外はバタバタと忙しない足音がしていた。他の従業員さんたちも久方ぶりのお客様に、今から気合い十分みたいだ。

しかしふと、私は逸らした視線の先で、クロエの様子がおかしいことに気付く。いつもなら口の減らない騒音狐なのに、整った顔で渋面を作り、黙したままなにかを考え込んでいるようだ。黒い尻尾がザワザワと逆立っている。

「どうしたの？　クロエ。お客様が来るのに嬉しくないの？」

「いや、それはありがてぇけどよ。どうも『越後のツララ』って聞いたことがある気がするんだよな……」

どこで聞いたんだったかと、クロエはほとんど独り言をこぼしている。追及する間もなく、私はシロエにきゅっと手首を握られた。

「シャコ爺様が、お客様が来るまでに結月ちゃんと相談したいことがあるんだって。持ち場で待っているから行こう！」

シャコ爺様は、本来の姿は赤狐、人間時の見た目はちんまりサイズの好々爺《こうこうや》で、この『オキツネの宿』の湯守《ゆもり》だ。

湯守とは温泉の管理人。お客様が気持ちよく適切な湯に入れるよう、調整して保つ温泉のスペシャリストである。

この宿の湯殿は、貸し切り展望風呂『お花見の湯』、混浴露天風呂『爛漫《らんまん》の湯』、男女別の内風呂が二つずつあるが、それらすべてがシャコ爺様の管轄で、彼は少しお湯に手を入れただけで的確な温度を当てられるベテラン中のベテランだ。

相談したいことというのは、湯の効能についてまとめた立て看板を、新しく設置するかどうかという話だろう。ここの温泉処にはそれらしいものがなかったので、お客様が来たときにあった方がわかりやすいのでは……と私が提案したのだ。

「ほら早く、結月ちゃん！」

「う、うん！」

いまだテンションの高いシロエに引っ張られ、ニコニコ顔のカガリさんに見送られつつ部屋を出る。

クロエはまだ難しい顔をしていたが、私も忙しくなりそうな週末に想いを馳せて、どこか逸《はや》る気持ちでシャコ爺様のところへ向かったのだった。

「――『オキツネの宿』へ、ようこそいらっしゃいました」

声をそろえてお客様をお出迎えする。

玄関の正面にはカガリさん、その両脇に並ぶのは仲居頭であるシロエと、その他数名の仲居さんの恰好をした狐娘たち。

『オキツネの宿』には女将がいないため、ここにクロエが加われば宿の主力はほぼ勢ぞろいだ。私も同じ単衣を着て端っこに紛れている。

本日、金曜日の夕刻に待望のお客様がいらっしゃるということで、奇跡的に学校が早く終わった私は、こうして重要な出迎えの瞬間に立ち会えた。腰を折って深々と母直伝のおじぎをすると、「まあ」と鈴を転がすような声が耳を打つ。

「素敵なご挨拶ね。この日を指折り数えて楽しみにしていたの。短い間だけどお世話になるわ」

現れたツララ様は、妙齢の綺麗な女性の姿をしていた。

浅葱《あさぎ》色の帯に白無地の着物姿で、艶やかな黒髪は長く、腰のあたりまで流れて細い肢体を包んでいる。面長《おもなが》の顔にスッとした一重の瞳、泣き黒子《ぼくろ》に色気があって、しっとり美人さんという感じだ。いったいなんのモノノケなんだろう。

「あら、もしかしてあなたは人間？」

「は、はい」

「まあ、いいわね！　私、人間がとても好きなの」

私の前で立ち止まったかと思えば、急に頬に手を添えられてびっくりする。抜けるように白い指先は、心臓が竦むほどひやりと冷たい。

「私、お部屋に行く前に温泉に入りたいわ。なにより早く温泉に入りたい。あなたに案内して欲しいのだけど、頼めるかしら？」

一息つく間もなくまず温泉。さすが『湯めぐり百科』を通してやってきた温泉通のモノノケだ。

私は戸惑いながらも、カガリさんとシロエにアイコンタクトで指示をあおいだ。ふたりは「任せました」「任せたよ！」と口パクつきで返してきたので、風呂敷で包まれた少ない荷物を預かって、ツララ様を丁寧に誘導する。

「加賀に来られるのは初めてですか？」

「ええ。明日はこの温泉郷を見て回った後、人間の世界の方も観光したいと思っているの。日本三名園に数えられる美しいお庭があるのでしょう？」

「兼六園ですね。金沢の方ですが、今のシーズンは夜のライトアップも人気ですよ」

いたって普通の会話は、うちの宿で観光客を相手にしているのと変わらない。カガリさんたちみたいに狐耳や尻尾があるわけでもないし、モノノケ相手であることを忘れそうだ。

温泉通のツララ様は、『オキツネの宿』が誇る混浴露天風呂を特に楽しみにしていたそうで、脱衣所の前で貸出用の湯帷子《ゆかたびら》をお渡しした。

湯帷子は入浴の際に着る浴衣のことで、昔ながらの日本の湯具だ。ここのは薄い麻の単衣で、桜の花びらが散る可愛らしいデザインである。

「では、ごゆっくりどう……」

「あら、浸かるまでついてきてはくれないの？」

「え」

いったん私のお役目は終了したので、速やかに立ち去ろうとしたら、あの冷たい手で腕を取られた。

「温泉に浸かるまでついてきて欲しいのだけど」

それはどういう意図で……？　と、まさかの申し出に戸惑う。

こんなこと、人間に関してだけどお客様に頼まれるのは初めてだ。温泉に入るのを見届けるのは、モノノケ流の作法なの？　でもカガリさんはそんなこと教えてくれなかったぞ。

促すように握る手に力を込められ、私は悩んだが、最終的に「かしこまりました」と了承する。断ってせっかくのお客様の気分を害したくないし、なによりツララ様がどこか……心細い顔をしていたから。

「ありがとう。……なにかあれば、すぐにあの九尾のご当主を呼んでね」

私の耳元でそっと告げて、ツララ様は脱衣所に消えていった。彼女に呼ばれるまで待機しながら、なにかってなんだと考え込むがサッパリわからない。

そうこうしているうちにツララ様の着替えが終わり、私たちは連れだって露天風呂に向かった。幸いにして、温泉処は宿の衰退化が比較的及んでいない唯一の場所だ。

ゴツゴツした岩造りの露天風呂は、咲き乱れる桜と梅の木を望みながら、十分な広さがあってゆったりとくつろげる。岩山の隙間から滾々《こんこん》と注ぐ湯は、静かな迫力を湛え、透明な湯面を波打たせていた。

湯守のシャコ爺さまが熟練の技をもって手掛ける、『オキツネの宿』自慢の『爛漫の湯』である。

「すごい……！　見事な露天風呂ね」

ツララ様が感嘆の息を吐いて、なんだか私まで誇らしくなる。さあさあ早く浸かってくださいと、にこやかにと見守っていたのだが……。

「……あの、浸からないんですか？」

「ええ……」

じっと湯面を睨んだまま、ツララ様は一向に動かない。いたく緊張している様子だ。

さすがに心配になって声をかければ、彼女はようやく湯帷子から覗くしなやかな足先を、おそるおそる温泉に浸けた。

その瞬間である。

「――はあっ!?」

私は信じられない光景に目を剥《む》いた。

パキパキッと、彼女の足が触れたところから、湯に氷が張り始めたのだ。周囲の温度も急激に下がり、氷はどんどん広がっていく。ハラハラと白く舞っているのは桜ではなく……これ、雪!?

「おい、結月！　今日来た客……って、ああ、遅かったか！」

滑り込む勢いで現れたのはクロエだ。どうしても外せない用とかで、他の区画に出掛けていたのに戻ってきていたのか。

「ク、クロエ！　これはどういうことなの!?」

「そこにいるソイツの仕業だよ！　『越後のツララ』は雪女だ！　閻魔帳に名前の載っている、そこら中の温泉を氷漬けにしている温泉郷のお尋ね者！」

「お尋ね者!?」

クロエは「思い出して急いで戻ってきたらこのザマだ！」と、赤い瞳を燃え上がらせて悪態をついている。

ツララ様は雪女のモノノケで、とんだ指名手配犯だったらしい。

そうこうしているうちに、舞う雪は吹雪の体をなし、私の足元まで氷が広がりだしている。あまりの寒さに私は単衣の前をきつく合わせてブルリと身震いした。

温泉で凍死なんて聞いたことない……！　と最悪な想像までしていたら、肩にふわりとなにかが触れる。

「カガリさん……？」

「これを羽織っていてください、結月さん」

クロエの後ろから顔を出したカガリさんが、私に自分の羽織を掛けてくれていた。彼が常に纏っている見事な加賀友禅のものだ。質のいい生地にすっぽり包まれ、少し寒さが和らいでいく。

カガリさんは安心させるように微笑むと、パンッと柏手を打っていくつもの火の玉を出現させた。

正しくは『狐火』だったか。人間の世界でもあちこちで目撃例があり、狐の仕業で灯る怪火《かいか》とされている。ちなみに石川県にはバッチリ狐火に関する伝承が残っていて、若干カガリさんのせいじゃないかと疑ってみたり。

私が最初にモノノケ温泉郷に連れてこられたとき、湯けむりと一緒に漂っていたのも、カガリさんが妖力で生み出した狐火だ。あれはお客様が来たときのお出迎えのつもりだったみたいだけど、今はじわじわと氷を溶かしていってくれている。

「ふう……やはり雪女の氷を溶かすのは、少々骨が折れますね」

そう息をつくカガリさんのおかげで、アイススケートリンクとなりかけていた温泉はすっかり元に戻っていた。雪も収まっている。

この宿も今のところ、カガリさんの妖力だけで持っていると言っていたし、やっぱりカガリさんってけっこうすごいモノノケなのでは……。

「念のため、シャコ爺に湯の様子を見てもらいましょう。それでお客様の方は？」

「あ！　ツララ様！」

騒動の元凶である雪女さんの姿がない。

きょろきょろとあたりを捜せば、岩陰に黒い頭が見えた。怒って近付こうとするクロエを制し、ここは私が進み出る。

お尋ね者とクロエは言ったけど、私には彼女があんなことをわざとしたわけではない気がするのだ。だって露天風呂を褒めてくれたときのツララ様は、純粋に目を輝かせていて、悪意なんてまったく感じなかったから。

「……あの、ツララ様」

「うっ、ううううう……っ」

「な、泣いています!?」

岩に身を寄せ、ツララ様は「申し訳ありません……」とさめざめと泣いていた。

勇んでいたクロエも気をそがれ、騒ぎを聞きつけてきた他の従業員さんたちも巻き込んで、周囲はなんとも言い難い空気に包まれる。

「ふむ……ひとまず場を移しましょうか」

カガリさんの声で、みんなはようやくハッと我に返った。私は冷たい涙を流すツララ様に、そっと懐からハンカチを差し出す。

なにはともあれ、まずは事情聴取からだ。


ところ変わって、ここはツララ様のためにご用意した『菜の花の間』。

私とカガリさん、それにクロエは、ツララ様を囲む形で畳の上に座り、どうしたものかと神妙な表情で顔を合わせていた。

結論として、ツララ様は決して悪さをしようとして、意図的に温泉を凍らせる事態を引き起こしたわけではなかった。

ただ彼女は、『自分が入れる温泉』を探していたのだという。

というのもツララ様はずっと昔、人間の世界で縁あって一度だけ温泉に浸かったことがあり、そのときの温かで心地のよい湯が忘れられないのだとか。だがなぜかその一度目以降、雪女としての力が無意識に働き、浸かる間もなく温泉を凍らせてしまうのだ……と。

「一度目に入った湯と同じところに入ろうとしてもダメでした。私は再び浸かれる温泉を探して、野湯から始め、あらゆる泉質の湯、高温の熱湯、薬湯、様々な変わり湯と、あちこちの温泉を回りました。人間の世界で問題を起こすわけにはいかず、途中からモノノケ温泉郷のみを当たっていったのですが……こちらも満足に浸かれず。そこら中の温泉を凍らせていくうちに、お尋ね者になってしまいまして」

出会い頭の艶美さは鳴りを潜め、正座するツララ様はしゅんと項垂《うなだ》れている。態度も控え目で、案外こっちが素なのかもしれない。

「加賀モノノケ温泉郷には、まだ私の名前が届いていないそうだと踏んで来ました。ただそうでもなかったようで……『オキツネの宿』を選んだのは、他の三区のお宿には予約拒否をされたからです」

「……あ、そうなんですね」

なんだ、私の記事がよかったから選ばれたわけじゃないのねと、厳しい現実に若干落ち込みつつも納得する。そうそううまくはいかないよね、うん。

クロエは「知ってたんなら教えろよな、アイツら！」と、他の三区の宿に対して文句を垂れている。閻魔帳に名前がある客が来たときは、温泉郷全体で情報共有する約束らしいが、この宿だけハブられたみたいだ。

　他の三区との敵対関係も深刻そうだな。

「どうします？　カガリさん」

「そうですね……」

　このままツララ様を泊めるか、追い出すか。

　ご当主に判断をゆだねたところで、襖が静かに開けられる。おずおずと顔を出したのはシロエだ。

「あの、お夕飯とかってどうするのかな？　もう仕度、できてるんだけど」

　窓を見れば外は暗くなっていて、いつのまにかそんな時間になっていたことにびっくりする。

　明日は週末だから多少遅く帰っても支障はないので、私は事の顛末を見届けていくつもりだが、ツララ様は出ていくなら夕飯も食べずに帰るのか。『オキツネの宿』の板前さんが創る料理は、お母さんに負けないくらい美味しいのに勿体《もったい》ない。久方ぶりのお客様のためにみんな気合いを入れていたのに……。

　チラチラと窺うような私の視線を受けてかどうか、カガリさんは努めて穏やかな声で「お客様を追い出したりなどしませんよ」と告げる。

「シロエ、お料理を運んできてください。お客様は予定通りご宿泊されます」

「かしこまりました！」

心なしかホッとした顔をして、シロエは明るく了承していったん去る。案の定、異を唱えたのはクロエの方だ。

「なに考えてんだよ、主様！　閻魔帳に載っている札付きのモノノケだぞ？　危うくうちの温泉も氷漬けにされるとこだったんだぞ？　つーか実際に凍ったし！　このまま泊めてもろくなことねえって！」

「お客様の前で止めなさい、クロエ。僕が狐火で溶かしたからいいじゃないですか」

「そういう問題じゃねえよ！」

「一度受け入れたからには、ツララ様は我が『オキツネの宿』の大切なお客様です。精一杯もてなし、ご満足頂けるように尽力する。うちの信条は『お客様によい湯とよい笑顔を』、でしょう？　僕たちはまだどちらも提供できていませんよ」

うぐ……とクロエは唸り、最終的にはムスッとしながらも「わかったよ！」と返す。苛立ちを静めるように、あぐらを掻いた膝をトントンと指先で叩いていた。

私もだけど、カガリさんには敵わないよね。

「あの、本当によろしいのですか……？　わ、私が泊まっても」

「ええ。どうぞうちの宿を満喫していってください」

「ありがとうございます……！」

今までは温泉凍結事件が起こった時点で追い出されてきたのだろう、ツララ様は感極まってまた泣きそうになっている。

それに温泉についても、カガリさんはまた浸かれるか試してみてはどうか、とツララ様に勧めた。他のお客様がおらず、カガリさんが宿にいる間なら凍っても対処できるから、と。

そもそもなんで、一度目に入ったときは平気だったのかな？

話を聞いていると、どうにも入る温泉の種類や効能が問題ではなさそうだ。ツララ様が雪女の力を抑えられるような条件が、一度目のときになにかあったんじゃないかと思うんだけど……。

「――失礼致します、お料理をお持ちしました」

私が悶々と考え込んでいる間に、シロエがお膳を運んできた。いつもは天真爛漫で元気溌剌《はつらつ》という感じだが、お仕事モードの彼女は入室の所作もお料理の出し方も完璧で、落ち着いた態度がお客様に安心感を与える。

お膳には前菜盛り、お造り、蒸し物や焼き物などが並んでおり、メインはお椀に盛り付けられた『鴨の治部煮《じぶに》』だ。

治部煮は小麦粉をまぶした鴨肉や鶏肉を、旬の野菜、きのこ類、お麩などと煮合わせて作る金沢の伝統的な郷土料理だ。名前の由来は諸説あるけど、煮るときに「じぶじぶ」と音を立てるから、なんて可愛らしい説が私は一番好きかな。

「とろみのあるお汁がおいしいわ……甘辛くて、具材とよく絡まってる。鴨肉も旨みたっぷりね。こちらのお麩はあまり見ない形だけど……」

「そのお麩は『すだれ麩』でございます。金沢の特産品で、すだれで巻いてギザギザの跡をつけているのですが、その跡がダシを吸ってくれるんです。独特の食感は米粉が含まれているからですね」

「そうなのね。味がよく染み込んでいて、しっかりした食感がクセになりそう」

「すだれ麩は治部煮には欠かせません。ああ、添えてあるわさびも一緒に食べると、より味に深みが出ますよ」

ツララ様が料理に舌鼓を打ち、シロエがそつのない解説を披露している横で、私は少し引っ掛かることがあって眉根を寄せていた。「どうかしましたか？　結月さん」と、気付いたカガリさんが私の顔を窺う。

「いえ……ツララ様は、その、温かいものは普通に食べられるんだなと思いまして」

治部煮も味わって咀嚼しているし、根菜とさつま芋のお味噌汁だって問題なく啜《すす》っている。温泉みたいにお膳を凍らせてはいないので、熱のあるもの全般に雪女の力が働くわけではないらしい。

私の疑問に、ツララ様は箸を止めて苦笑する。

「普段はちゃんと力を制御しているのよ？　熱や暑さにも耐性はあるわ。夏場は体調を崩すことも多いけど、私は地球温暖化にも耐え抜いてきた雪女だから……」

「つ、強いですね。じゃあやっぱり温泉だけなんですね、無意識に凍らせちゃうの」

「ええ。私の遠いご先祖様が、温泉に落ちて溶けて消えてしまったということがあったみたいで……雪女の本能的に、温泉の湯が怖いのだと思うわ」

防衛本能が働くというわけか。

それでも、とツララ様は言葉を切る。

「はじめて温泉に浸かったあのときは、心から安らいでひどく気分がよかった」

「……人間の世界の温泉に入ったんですよね？」

「そうよ、山奥にある秘湯のね。人間と一緒に入ったの。もう百年ほど昔のことになるわ」

ツララ様は山の中で暮らしていて、それまで人間との接触はほとんどなかった。だけど彼女の住む山に湧く野湯の噂が広まったことで、時折人間たちがその湯に入りに来るようになったらしい。

もちろん、ツララ様は湯になど近寄りもせず、誰かが来ても身を隠していた。しかしある日、若い男女の一行に見つかり、どうせなら共にどうかと誘われたという。

「気のいい人間たちでね。話しているうちに楽しくなってしまって、誘われるがままに湯に足を入れていたの。そのときは凍ったりなどしなかったし、ゆっくりと浸かれたわ。温泉があんなに心地よいものだとは知らなかった。どうしても私は、あのときと同じ温かさを味わいたくて」

それは彼女にとって、いつまでも残り続ける大切な記憶なのだろう。懐かしそうに瞳を細め、語る口調は夢見る少女のようだった。食事を再開させるツララ様を横目で窺いながら、私は『オキツネの宿』の信条を反芻《はんすう》する。

『お客様によい湯とよい笑顔を』

どうにかこの宿の温泉で、彼女の夢を叶えてあげられないだろうか。

＊　＊　＊

爽やかな秋風が頬を掠める、雲ひとつない晴天の日。

私は動きやすい紺のスキニーパンツに、お気に入りのモスグリーンのニット、薄手のロングカーデを着て、予定時刻ぴったりに家を出た。

「あ、ユヅがきた！」

「もうみんなそろってるよー」

「ダッシュして、ダッシュ！」

待ち合わせ場所である学校の校門近くまで行くと、ミナを含む女バスの仲良し四人組が、私をわざとあおるように手を振った。急かされるままにダッシュすれば、すぐにゼーハーと息が上がってしまう。

口々に「体力ないぞー」「運動不足じゃない?」「ユヅも女バス入ればいいのに」とからかわれ、私が言い返せば軽く笑いが起こる。

この空気は懐かしい。小学校の時に戻ったみたいだ。

「よし、じゃあユヅもそろったところで」

キャップを被り、腰に赤チェックの上着を巻いたスポーティースタイルのミナが、仕切るように手を叩く。

「行きますか、紅葉狩り!」

今日は日曜日――あっという間に、約束していた友人たちとのお出掛けの日だ。

私が合流してから程なくして、メンバーの一人であるユカのお兄さんが車で拾ってくれ、私たちは那谷寺へと向かった。

さすがは人気観光地なだけあって、広い境内は人であふれている。鮮やかな赤と黄色に色づく見事な景観の中は、地元民から観光客まで大賑わいだった。

私が寄りたかった『奇岩遊仙境』の厳かな雰囲気に浸り、ミナのお目当ての『庚申さん』にお参りをし、本殿で『胎内くぐり』も体験した。

那谷寺の本殿は巨大な洞窟と繫がっていて、母の胎内を表すこの洞窟を巡って外へ出ることで、穢れを清めて生まれ変われるそうだ。私もどことなく気分がすっきりした感じがする。

……そのついでに、一昨日から考え続けているツララ様の件も、なにかいい案が浮かべばいいんだけど。

ツララ様はあれから『オキツネの宿』に予定通り宿泊し、人間の世界を観光しつつも、何度か温泉入浴チャンレンジをしては失敗を繰り返している。他にお客がいないからこそできることだが、凍る度にクロエのイライラ度が上がって怖いんだよね。自分の大切な湯を凍らされても、「温泉を求めるお客様のためじゃ、仕方ないのう」と笑って許しているシャコ爺様を見習ってほしい。

でもそんなツララ様も、本日の夕刻には越後へと帰ってしまう。

私は紅葉狩りが終わり次第、あちらの世界に行ってツララ様をお見送りするつもりだが、それまでになんとか温泉に入れていたらいいんだけどな……。

「ユヅ！　ユーヅ、聞いてる？」

「えっ、な、なに？」

隣を歩いていたミナに話しかけられ、私は飛んでいた意識を引き戻す。

「やっぱり聞いてなかったし！　次に行く場所なんだけど、また展望台に行ってみようかって話だよ」

「展望台……ああ、さっきは人が多過ぎて諦めちゃったもんね」

「そろそろ空いたかもだし、あそこからの眺めは外せないでしょ。ユヅもせっかく来たんだから行きたいよね？」

「う、うん」

頷いた後から、「あ、でもここの展望台って……」と古い記憶を掘り起こす。

実は子供時代に来たとき、幼い私は展望台に上る途中で急に怖くなって、人目も憚《はばか》らずギャンギャン泣き出したという黒歴史がある。まだ健在だったお父さんが必死に宥《なだ》めてくれたけど、結局上らなかったんだっけ。

別に私は高所恐怖症でもなんでもなく、高いところはいたって平気だ。でもその記憶がやけに鮮明なせいか、ここの展望台にだけはちょっと及び腰になってしまう。

「え、えっと、私はやっぱり……」

「決まりね！　次は展望台！」

しかしながら、ミナは前を歩く三人にそう高らかに告げ、三人もノリよく返事をしているので後の祭りだ。

上るのが怖いなんて、恥ずかしくて言えないし……。

まあなんとかなるかと切り替えて、落ち葉が彩る『楓月橋《ふうげつきょう》』を渡る。展望台へと繋がるこの朱色の橋は、庚申さんのお使いである木彫りの猿が、手すりにちょこんとお座りしているのが可愛いらしい。

渡る間、私たちはくだらない話題で盛り上がったり、少し立ち止まって写真を撮ったりしてはしゃいでいたのだが、ふとミナが私に小声で囁いてくる。

「ユヅさ、少しは気分転換できた?」

「気分転換って……」

「なにか悩んでいるみたいだったから。車内でもたまに上の空だったでしょ」

自覚はなかったが、ツララ様のことがふとした折に脳裏を掠めていたことは確かだ。見抜いていたミナに驚かされる。

「恋の悩みとかならぜひインタビューさせて欲しいけど、どうせお家の宿のことかバイトのことでしょ?」

「……ミナってすごいね」

「わかるって! ユヅはわかりやすいもん」

軽快なミナの笑い声が、青い空に溶けて消える。

「無理に聞き出そうとはしないけどさ、なんか悩んでいることがあったら、誰かに聞いてもらうのもアリだと思うよ? どんなことでも傍にいる人と共有した方が、楽しさは二倍、嫌なことは半減だから」

ミナらしい名言に、私は噴き出してお礼を言う。昔から彼女のこういう気遣いには度々助けられてきた。

しばらく二人で笑っていたら、「あ、ヤバい！」となにやら焦ったミナに、いきなり腕を取られる。どうやら前を行く三人とだいぶ距離が開いていたようで、そのままそろって駆け出した。

着いた展望台はちょうど人波が引いていて、みんなで鎮守堂にもなっている頂上まで上ることになった。私は案の定、一瞬足が竦んでしまったけど、目敏《めざと》く気付いたミナが手を引いてくれる。

「ほら、ゆっくり行こう」

「……うん！」

他の三人にも励まされながら、ミナの手をぎゅっと握って辿り着いた先。

そこには雄大な自然の景色が広がっていた。

境内を一望して、目に飛び込む岩壁と紅葉のコントラストは、どこまでも鮮やかで美しい。このまま呑みこまれそうな迫力もある。なんでも真っ先に写真を撮りたがるナホが、カメラを構えるのをしばし忘れるほどの絶景だ。

これは見なかったら大きな損をするところだった。私の手を握って恐怖心を散らしてくれたミナと、声をかけてくれた三人に感謝する。

「あ……そういうことか」

はらりと落ちる一枚の紅葉を目で追いながら、私は悩んでいたことの答えを見つけた気がした。

＊　＊　＊

「カガリさん！　ツララ様ってまだいらっしゃいますか!?」

「おや、結月さん」

ミナたちと別れた後、急いで鳥居を抜けて『オキツネの宿』へと向かった。玄関にはカガリさんの姿があって、配置換えした花瓶にでも飾るのか、桜の枝を抱えながら綻ぶ花と共に私を迎えてくれる。

「お友達とのお出掛けはもうよろしいのですか？」

「は、はい、すごく楽しかったです！　それであの、ツララ様は……」

「予定より早くお帰りになるようで、今お部屋で帰り支度をされていますよ。……残念ながら、温泉に入れてあげることはかないませんでしたが」

それを聞いて、私は一も二もなく『菜の花の間』に突撃しようとしたが、これから試したいことにはご当主にお伺いが必要だと思い直す。

普通に考えれば従業員としては非常識だし、失敗したらリスクもあるし……。

「……というわけなんですけど、どう思いますか？」

「ふむ、試してみる価値はありそうですね」

「なら……っ！」

「ですが承諾は致しかねます。いくらお客様のためとはいえ、結月さんに危険が伴うのは僕の本意ではないので」

いつものようにすぐに許可をくれると思ったのに、カガリさんの口調は硬かった。琥珀色の瞳は珍しく厳しい。

心配されているのはくすぐったかったけど、私はやっぱりツララ様のことを諦められなくて、カガリさんにお願いしますと懇願する。

「どうしても……ちゃんと『この宿で』満足した上で、お客様にお帰り頂きたいんです」

お客様を悲しい顔で帰すなんてこと、うちのお母さんだって許さないだろう。私の信念にも反する。

それにたとえなにかあっても、すぐにカガリさんを呼ぶから大丈夫だ。信頼しているからこそだが、「結局は主様頼りかよ！」とクロエにツッコまれそうなことも伝えたら、やれやれとカガリさんは表情を緩めてくれた。

「……あなたの人ならざる相手にも真っ直ぐすぎるところは、ずっと変わりませんね」

「えっと、それはどういう……」

「わかりました。結月さんの思うようにされてください。ひとまずお客様のところへ行かれるなら、僕もご一緒します」

柔和な雰囲気に戻ったカガリさんは、通りかかった仲居さんに桜の枝を預け、くるりと羽織を翻した。

それに胸を撫で下ろしながら彼の後に続く。

「失礼致します、ツララ様」

「あら、九尾のご当主に……人間の結月さん、だったかしら」

部屋を訪ねれば、ツララ様はもとより少ない荷物をまとめ、まさに今出て行こうとするところだった。ギリギリセーフだ。私は「まだ帰らないでください！」と、部屋の前で彼女をどうにか引き留める。

「あの、最後にもう一度だけ温泉に入ってみませんか？　今度こそ浸かれるかもしれませんし……！」

「……いろいろとありがとう。でも、もういいのよ、結月さん」

諦観を滲ませて、ツララ様は長い睫毛を伏せた。色香のある顔立ちに愁いを帯びた影が落ちる。

「次の温泉でもダメなら潮時かもしれないって、この宿に来る前から考えていたの。あのときの心地よさが忘れられなくて、また心行くまで温泉に浸かってみたくて、飽きもせず求めていたけれど……やっぱり雪女が温泉に入りたいだなんて、おかしな話だものね？」

「お、おかしくなんて……！」

「温泉巡りもここで止めるわ。この宿で最後にするから」

　未練を捨てようとするツララ様に、カガリさんが「本当によろしいのですか？」と静かに問う。

　お尋ね者になってでも、各地を渡り歩いて求め続けた温泉だ。いいわけがないのに、諦め顔のツララ様は「ええ」と頷いた。

「湯には浸かれなかったけど、最後にこんな素敵な宿で過ごせてよかった。……お世話になりました」

　ツララ様は深く頭を下げて礼をすると、小さな微笑みを残し、私とカガリさんの横を通り過ぎようとする。靡く艶やかな黒髪はどこか物悲しい。

　カガリさんが視線で促すように私を見つめている。私はそれに従って咄嗟《とっさ》に彼女の前に出た。

　まだ帰らせませんよと、通せんぼをする。

「結月さん……？」

「自分に嘘をつかないでください。ツララ様はまだ、思い出の湯に入りたいって顔をされています！」

「そんなこと……」

「しています！」

「……だ、だけど、私は湯を凍らせてしまうし」

「凍らなきゃ入れますよね？」

根本的な問題をあえて口にする。

そこをどうすればいいか悩んだ末、私はひとつだけ解決策を見つけたのだ。戸惑うツララ様を見据えて言い放つ。

「お願いします。あと一度だけ、この宿の温泉に入ってみてください。――今度は私もご一緒するので！」


温泉宿の娘とはいえ、現代ではあまり見かけない湯帷子を着て、私はゆっくりと露天風呂につま先から体を沈めた。じんわりと温かさが全身を包んでいき、状況も忘れてしばし体の芯からほぐされていく感覚を堪能する。

本日もシャコ爺様が守る湯は、絶妙な湯加減となめらかさでまさに極楽だ。

「さあ、ツララ様もどうぞ！」

「どうぞって……」

私と同じ湯帷子姿のツララ様は、岩造りの縁の向こう側に立ち竦んでいる。困惑した様子で、湯に浸かる私を見下ろしていた。

私の解決策は単純明快。

『共に温泉に入る』。ただこれだけ。

ツララ様は最初の一回以外は、人間だろうとモノノケだろうと相手を凍らせないように、一人きりで入れる状況で試してきたという。彼女にとって、今や温泉とは孤独に入るもの。だけどそれがそもそも間違いなのだ。

だって彼女がはじめて温泉に浸かったときは、傍に人がいた。人間たちと語らいながら、湯の中で誰かと肩を並べていたはずなのだから。

「さあさあ早く、いいお湯ですよ」

「こ、凍ってしまったらどうするの？　雪女の氷は特殊で溶けにくいのよ？　ましてやモノノケよりも脆《もろ》い人間のあなたが……」

「いざというときは、戸の向こうにカガリさんが控えていますから！　大丈夫ですよ、ほら」

スッと、湯の滴《したた》る手をツララ様に差し出す。ぴちょんっと水滴が湯面で跳ねた。

彼女が無意識に雪女の力を使うのは、『温泉が怖い』という本能のせいだ。だけどそんな恐怖をどこかに追いやってしまえば、きっと凍らせずに浸かれると思った。

一人では怖いなら、誰かとなら。

例えば、展望台を上る際に臆した私の手を、ミナが握ってくれたときのように。思えばこの宿に来たときから、ツララ様は私を付き添わせようとしていたし、どこかでそんな誰かの存在を欲していたんじゃないだろうか。

それにほら、『どんなことでも傍にいる人と共有した方が、楽しさは二倍、嫌なことは半減』らしいから。

ダメ押しのように「私があなたと浸かりたいんです」と言えば、ツララ様の瞳は大きく見開かれた。

「昔も……はじめて温泉に入ったときも、そう言ってくれた人間がいたわ。あなたのように真っ直ぐな目をした女性で、動けずにいた私の手を取って……」

震える白い手が、おそるおそる私の手に重なる。自分の体温が上がっているからか、その指先は前に触れたときよりも冷たくはない。

「それで……そう、取りとめのない話をたくさんしたの。名前を聞かれたり、どこから来たのか尋ねられたり。私の正体なんて当然言えなかったけど、話していると楽しくて……」

「温泉に一緒に入ると距離が縮まりますもんね。じゃあ今度は、私といっぱい話しましょう！」

「あなたと？」

「はい！　ツララ様の話を、湯に浸かりながらもっと聞かせてください」

体を包む温かさに身をゆだねて。

ただただ、湯を共にする誰かと他愛のないおしゃべりをする。

過去にそんなふうに、ツララ様と何気ない一時《ひととき》を過ごした人間たちは、モノノケとの生きる時間の差でとっくにこの世にはいないだろうけれど。今だって私でよければいくらでもご一緒できる。

ふっと、ツララ様の口元が微かに緩んだ。

「……そうね。どんな話がいいかしら」

いつの間にか、ツララ様は片足を湯に入れていた。そこからいきなり凍り出す……などということもなく、彼女の周りでは湯の花がゆらゆらと揺蕩《たゆた》っている。

半身まで浸かって、ツララ様は「ほう」と息を吐いた。

「ああ、これだわ。この湯のぬくもりに……もう一度浸かりたかったの」

ポロポロと落ちていく涙は、温泉の中に溶けて消えていく。桜の花弁はそんな彼女を包むように、ゆるやかな風に吹かれて舞っていた。それに誘われるように梅の匂いもふわりと香る。

いいお湯だわと、そこではじめてツララ様は、晴れやかな満面の笑みを見せてくれた。

「うーん……？」

腕を組んで、私は盛大に首を傾げた。

週明けの月曜日と火曜日は、平日にあまりないことだがうちの『月結いの宿』に団体客が泊まりに来ていて、久しぶりにガッツリ家の手伝いに励んだ。水曜日の放課後はミナたちと、前に断ってしまったカフェに今度は参戦。パンケーキのトッピング全部盛りを試して、きゃーきゃーと女子高生らしく騒いで過ごした。

そして今日。

四日ぶりにモノノケ温泉郷に赴いてみたわけだが、見慣れたはずの『オキツネの宿』に、私は決定的な違和感を覚えていた。

「なんだろう……心なしか綺麗になっている……？」

朽ちかけだった柱の木はわずかに張りを取り戻し、ガラスのヒビも小さくなっている。板張りの床はいつもより軋《きし》まず、どれだけ掃除をしても黒ずんでいたのに、今は本来の色が顔を見せていた。

決して「あっ」と驚くほどの大きな変化ではない。

それでも確実にこの宿の建物は、『超オンボロ』から『普通にボロい』くらいに前進している。

「お客様が心から満足してお帰りになられたからですよ。宿を維持する妖力が久方ぶりに回復したので、本来の姿に少し近付いたのです」

「カガリさん！」

まるで知らない場所みたいに、キョロキョロとちょっぴり綺麗になった宿内を見回していると、一階の廊下の真ん中でカガリさんと遭遇した。

気のせいでなければ、彼の黄金色の狐耳や九本の尻尾も毛艶がいい。宿を支えていたぶんの彼の妖力も、なんとか回復できたということだろうか。

「こんなふうに影響していくんですね……」

お客様の満足度がこうやって目に見えて表れると、どうにも感慨深いものがある。

もっとがんばってこの宿を綺麗にしていきたいな。

もとの立派な姿というのを見てみたい。

「まだまだ序の口ですよ。僕の宿はこんなものではありません。これからはきっと、どんどん全盛期の佇まいになってくれるでしょう」

「ということは、もしかして……！」

「はい。ツララ様が『湯めぐり百科』に評価を書き込んで、うちの宿を絶賛してくださったおかげで、何件か予約が入りはじめているんです。人間の世界では『れびゅー』というのでしたっけ」

横文字に弱いカガリさんってなんか可愛いなと思いつつ、「見ますか？」と聞かれて即座に頷く。百科は従業員で回し見していたみたいで、カガリさんが近くの仲居さんに声をかければすぐに持ってきてくれた。

「わっ！　本当だ。いっぱい書いてくれていますね！」

ページを開けば『料理が美味しい』、『接客が心遣いにあふれている』、『露天風呂が極上。必ず入るべき』、『また訪れたい』……などなど。ツララ様の率直な賛辞が並べられていて、心がほわっと温かくなった。特に温泉のくだりは熱がこもっていて笑ってしまう。

レビューは最後に、『この宿と湯のおかげで笑顔になれました。ありがとう』という一文で締め括られていた。

「結月さんが諦めず、最後までお客様に向き合おうとした成果ですね。クロエも褒めていましたよ、『アイツは人間のわりに根性がある』と」

「クロエが？」

対私には捻くれた態度ばかりの、あのツンデレ黒狐が褒めてくれるなんて。彼の貴重なデレはぜひ生で拝みたかった。

「さすがは『月結いの宿』の次期女将ですね」

冗談めかしたその言葉にドキリとする。

私も少しはお母さんに認めてもらえるような……うちの宿を継ぐに値する、次期女将に近付けているかな。

「……さて、これから忙しくなりますよ。次なるお客様のために、湯上がりに提供する甘味の種類を増やしたいと、板長が張り切っておりまして。今から試食に行くのですが結月さんもいかがです？　今回の新作は、確か『五郎島金時《ごろうじまきんとき》のすいーとぽてと』だったような……」

「行きます！」

我ながら即答だった。

うちの宿の存続のことを考えると、つい気負い過ぎて不安になるが、そんな鬱々とした感情も一気に吹っ飛ぶ。どんな不安も甘味には勝てない。

それに『五郎島金時』は石川県産のサツマイモ。加賀野菜のひとつで、普通のサツマイモと比べると甘みとホクホク食感が強く、地元民はみんな大好きだ。そのスイートポテトなんて美味しいに決まっている。

「ふふっ、それでは行きましょうか」

「はい！」

微笑ましそうに瞳を細めるカガリさんに続いて、二階の厨房に歩みを進める。

彼の羽織の中に咲く桜と梅を追いかけながら、私はふとツララ様の湯けむりに囲まれた笑顔を思い出し、つられて笑みを浮かべたのだった。

第三章

集合！　四大温泉宿会議

人間の世界では肌寒い冬が近づき始めた今日この頃。ツララ様の一件から、『オキツネの宿』はにわかに忙しくなった。

予約客だけでなく日帰り客もポツポツと訪れだし、シロエは「あー忙しい、忙しい！」と満面の笑みで走り回っている。クロエもあれでちゃんとした客相手には、愛想抜群の有能番頭モードになることを初めて知った。

天狗の親子やぬりかべの夫婦、小豆用の洗い桶の代わりにマイ風呂桶を持参した小豆洗いなどなど、様々なモノノケ客に合ったおもてなしで満足して帰ってもらうと、その度にボロボロだった姿が嘘のように、宿は見る見る綺麗になっていった。ついには建物の大きさ自体も大きくなりはじめ、今では部屋数も三つほど増えたのだ。

私の家の『月結いの宿』の方も客入りは順調で、すべてがうまく回っているなあ……と危うく調子にまで乗りかけていた頃だった。

――カガリさんがどこか困った顔で、私を書斎に呼び出したのは。

「『四大温泉宿会議』、ですか……？」

「はい」

コクリ、と頷かれる。

今ここにいるのは私とカガリさんの二人だけ。書斎は前に来たときと変わらず静謐な雰囲気で、文机にはまた書きかけの手紙があった。誰かと文通でもしているのかもしれない。

座布団の上で正座して、なんの話だろうと身構えていたら、向かいの彼の口から出たのは仰々しい単語だった。

「それってどんな会議なんですか？」

「名の通りですよ。月に一度、各区域の宿の代表が集まって、加賀モノノケ温泉郷全体の方針や問題点などについて話し合うのです。普段は商売敵とはいえ、協力すべきところは協力しなくてはいけませんからね」

「各宿を仕切るモノノケたちが一堂に会する……っていうと、なんかすごいですね」

「ふふっ、そんな大層な会合でもありませんよ？　先月はクロエに参加してもらいましたが、三日後にある今月の会は僕が赴く予定でして」

クロエがその会議に参加していたのは、ちょうどツララ様が訪れた日だ。彼の外せない用とはこれのことだったらしい。

会議の場所は持ち回りで、前回はヒマワリが伸び伸びと咲く夏の区域、化け猫が営む『猫庵《ねこあん》』にて。今回は真っ赤なツバキに囲まれた冬の区域、化けカワウソが営む

『川胡荘《かわうそう》』で行われるとか。なおもうひとつは『オキツネの宿』とは因縁がもっとも深い、ススキが揺れる秋の区域、化け狸が営む『湯湧院ポンポン』である。

「でも、それと私になんの関係が……？」

「実はですね……結月さんを会議に連れてこいとの要望を受けているんです」

「な、なんで私が会議に⁉」

まさかの同行要請に目を丸くする。

「うちの宿が人間を雇っているという噂を聞いた三区の代表たちが、一度会って害のない者か見定めたいと言い出したそうで」

「あ、そういうことですか……」

この温泉郷のモノノケは人間に友好的だとは以前聞いたが、それはそれ、代表としては直接確かめておきたいところなのだろう。

私は暫定、不穏分子というわけか。

「と、いうのは建前で」

「ん？」

「ただ単純に彼等はモノノケらしい自由な好奇心で、人間なのに僕たちに交じって働く貴方で遊びたいのですよ」

「あ、遊びたい」

なにそれ怖いです。

正座には慣れているため足は痺れていないが、別の意味で嫌な痺れがピリピリと体に走った。『オキツネの宿』にいると忘れそうだが、モノノケとは基本的にそういう享楽主義な生き物だったっけ……。

「僕としては、結月さんを連れて行きたくないのが本音です。彼等はそれぞれ力のあるモノノケで、あらゆる意味で厄介な者ばかりなんです。下手にちょっかいを出されると、僕が結月さんを守りきれるかどうか……」

カガリさんの狐耳が、警戒するようにピンッと立っている。彼に守るとか言われると不覚にもトキメいてしまった。

だけど私が行かないことで、カガリさんが、延《ひ》いては『オキツネの宿』が非難されたら嫌だ。ただでさえ三区とは確執があるみたいなのに。ここに来てやっと宿の運営が回り出したのだから、私のことで波風なんて立てて欲しくない。

「あの……大丈夫ですよ、カガリさん。まさか取って食われるわけじゃあるまいし、ちょっとくらい絡まれても自分で対処できます。そんなに心配しないでください」

「……ですが」

「それにほら、他のお宿のモノノケに会うのは勉強にもなりそうですし！　四季の違う他の温泉宿も気になっていたんです！」

だから私、会議に行きます！

そう強く言い切る。最近になって気付いたのだが、私がカガリさんのほんわかオーラに弱いように、カガリさんは私の押しには弱いようなのだ。

今だって最終的には「僕から離れないこと」「なにかされそうになったら大声を出すこと」「勝手な行動はしないこと」など、小学生に対するような過保護な約束をさせられた上で、私の会議参加は決定した。

——お宿を仕切る、他の区域のモノノケたちとの会合。

ほんの少しの怖気と期待を込めて、私は「当日はよろしくお願いします」とカガリさんに頭を下げた。


「いいか？　主様に迷惑はかけるなよ？」

「気を付けてね、結月ちゃん。意地悪されたらすぐに主様にチクるんだよ！」

「わ、わかったよ。じゃあ行ってくるね」

カガリさんと『四大温泉宿会議』に出掛ける日。

人間の世界は土曜日なので、私は昼間の陽が高いうちに、クロエとシロエに見送られながら『オキツネの宿』を発つことになった。

　一応正装……ということで、仕事用の単衣ではない、小花があしらわれた桜色の着物を借りている。カガリさんの羽織と同じ、質の高い加賀友禅のものだ。お守りでもある水引の飾り紐に合うように、シロエが試行錯誤して選んでくれた。

「さて、変化《へんげ》を解くのはひさしぶりですが……」

「わっ！」

　宿を出たところで、カガリさんが瞼を閉じて念じれば、彼は瞬く間に黄金色の大きな狐へと姿を変えた。体長はざっと二メートルくらいだろうか。九本の尻尾が扇のように広がり、その佇まいには威厳さえ感じる。

　私がまじまじと見上げていると、カガリさんは「長らく人間の姿でいたので、なんだか照れますね」とふわふわの毛を恥ずかしげに揺らした。

　当たり前だけど、声はカガリさんのままなのがおかしい。

「さあ、どうぞ乗ってください」

「し、失礼します」

　顔を伏せてくれたカガリさんの首元に腕を回し、着物を捌《さば》いてその背に横乗りさせてもらう。

　温泉郷の中での移動にはあの鳥居は使えないらしいので、途中までカガリさんが私のためにタクシーになってくれることになったのだ。後ろ足で彼が地を蹴れば、つむじ風がゴウッと巻き起こる。振り落とされないよう、私は夢中でしがみついた。

一瞬の浮遊感の後、気付けば私たちは遥か空の上。

眼下には粒のようになった『オキツネの宿』の黒い屋根と、湯けむりの中で映えるピンクの木々が見えた。いつかミナたちと展望台から見た眺めとは、また違った素晴らしさだ。

空を飛んでいるという高揚感に、私は上擦《うわず》った声をあげる。

「すっごい……！　本当にこの姿だと飛べるんですね！」

「クロエも最初に結月さんを連れてきたときに飛んでいたのですが、覚えていないのですね」

「すぐに気を失っちゃいましたし、アイツ乱暴だったんで……。カガリさんなら安心感があります」

手触りのいい毛を堪能しながらそう言えば、カガリさんは「もちろん安全第一で行きますよ」と笑った。

しばらくそうして空の散歩を満喫して、溶々と流れる川と一本の橋が見えてきたところで、私たちは地面へと降り立つ。カガリさんは馴染みのある人間の姿へと変わった。

この橋が東西南北に分かれた区と区を繋いでいて、境界線の役割を果たしているそうだ。間には結界のようなものが張られていて、この先へはちゃんと橋を渡らなければ行けず、向こう側はまるで今は蜃気楼のようにぼやけている。

それになんだかこの橋……。

「上空から見たときも思ったんですけど、『あやとりはし』に似ていますね」

加賀市山中温泉にある名所のひとつ、風雅な渓谷美を誇る『鶴仙渓《かくせんけい》』には、三つの個性的な橋が架かっている。頑強な石造りの『黒谷橋《くろたに》』、総ヒノキ造りの『こおろぎ橋』、そして斬新なS字型の『あやとりはし』だ。

文字通りあやとりを思わせる形状のその橋は、特徴的な紅紫一色で、三つの中でもとびっきりユニークである。それに目の前の橋はよく似ていた。

「人間の世界にあるものが、そのままこちらに反映されていることも度々あるんですよ。結月さんがよく知る場所がこれからも見つかるかもしれません。……この橋を渡れば冬の区域です。その区域で温泉宿を営むモノノケが、区域全体も統治しています。冬の区域を治めるのは化けカワウソたちですね。冷え込むので、寒くなったらすぐに僕に言ってください」

「は、はい！」

「では参りましょうか」

カガリさんと連れだって、気を引き締めて橋に足を踏み入れる。

そのときだ。

「ん……？」

どこからか視線を感じて、私は歩みを一度止めた。咄嗟に振り向くと、湯けむりとは違う形を持った白い靄が、ぼんやりと木々の合間に見えた気がする。

もしかして、いやまさか。

そう考えたのは一瞬で、一呼吸する間にその靄は跡形もなく消えていた。

「どうかしましたか？」

「いえ……」

遠い過去のことを反芻しながらも、カガリさんに余計な心配はかけたくないので、誤魔化して先を急ぐ。

……きっと見間違えだ。そう思うことにした。

橋の半分のところまで来ると、向こう側の景色がようやくはっきりとした輪郭を帯びてきた。

あちらは雪に閉ざされた銀世界。

はらはらと、頬には粉雪が降りかかっている。ツララ様のときみたいに急激に凍るような冷たさはないけど、温度はぐっと下がってまさしく春から冬だ。

橋を渡り切り、雪を被った林を抜ければ石畳の通りに出る。ポツポツとお土産処や総湯の看板なども発見できた。やがて真っ赤なツバキの囲いの中に堂々と立つ、五階建ての馬鹿でかい楼閣が現れる。

ツバキと同じ目が覚めるような赤一色のその楼閣は、瑠璃色のステンドグラスが中央にはめ込まれ、芸術品のような見事な出で立ちだった。

「建物だけでも迫力がありますね……」

「ここが現在、加賀モノノケ温泉郷で一番人気のお宿『川胡荘』です。もともとこの地は、化けカワウソの集落があったので勢力自体も大きいんですよ。『カブソ』って名前は聞いたことありませんか？」

「聞いたことがあるような、ないような……」

石川県の能登《のと》地方ではカワウソを『カブソ』と呼び、人を化かすモノノケとして民話が残っているそうだ。

「古くからの知り合いなのですが、この宿の女将がやり手でして」

「——おやまあ、褒めてくれているのかい？」

囲いの中から、緋色の着物に黒のストールを纏った、細身の背の高い女性がゆったりと近付いてきた。枯茶色の髪は結い上げられ、頭部にはふたつ小さな丸い耳がついている。平べったい尻尾は如何にもカワウソらしい。

佇まいからしてこの宿を取り仕切る女将だろう。

顔は張り付けたような笑顔なのに、こちらを見据える小さめな黒目には、老舗宿を守ってきた威風があった。

「久しぶりだねえ、カガリ。会いたかったよ。前もその前も、会議は番頭の黒狐が来ていただろう？　アイツはうるさくていけないねえ、躾《しつけ》がなっていないんじゃないかい？」

「お久しぶりです、ミズミ。クロエはとても真摯に仕事をがんばってくれていますよ。お客様からの評判もいい、僕の宿の自慢の番頭です」

「おやおや、そんな甘い姿勢だから、おまえさんの宿は廃れていくのだろうね。最近はほんの少し羽振りがいいみたいだけど、こんな調子じゃまたすぐに落ちぶれるよ」

ミズミ、と呼ばれたカワウソ女将のいやらしさ全開な嫌み攻撃に、思わず顔を顰めた。三区のお宿とは敵対関係だとは聞いていたが、こんな出会い頭に侮蔑を浴びせてくるなんて。

反射的に言い返しかける私をそっと制し、カガリさんは春風のごとき微笑みひとつで躱す。

「それに人間を雇うだなんて酔狂な真似まで……おまえかい？　その人間というのは」

チラッと、ミズミさんの鋭い眼差しが私を捉える。

ここで角を立てればカガリさんがまた責められてしまう。そんなことは阻止せねばと、私は精一杯の営業用の愛想をもって会釈した。

「『オキツネの宿』でお世話になっています、人間の結月です。どうぞお見知りおきください」

「ふーん……まあいいか。とりあえず案内するよ。もう他の代表は集まっているからね。ついてきな」

ミズミさんに従って宿内に入れば、中も赤で固められており、柱や天井には金で緻密な模様が彫り込まれていた。『オキツネの宿』とは趣がまったく異なる、煌《きら》びやかで豪奢《ごうしゃ》なデザインだ。

通されたのは、二間続きの二十畳はありそうな貴賓室。少人数での会議には不釣り合いな大きさのその部屋は、『山茶花《さざんか》の間』とあり、各部屋の名前が季節の花をテーマにしているのは、どこの宿も共通みたいだ。

だだっ広い部屋の真ん中に赤い座布団が四つ。そのうちのふたつを陣取って顔を突き合わせていたのは、猫口が特徴的な小柄な少女と、どっしりとした恰幅のいい男性だった。

「あ、やっときたー。カガリに、その子が変わり者の人間さーん？」

「おうおう。待ってたぞお、カガリ。いつ見ても腹立つツラしてんなあ」

少女の方がぴょんっと立ち上がり、私の前に躍り出る。黄色い髪のお団子頭の左右には、ちょこんと生えた三角の猫耳。明るいヒマワリ柄の着物の後ろからは、二又に分かれた茶トラの尻尾が覗き、楽しそうにくるくると回っている。

「私は夏の区域にある『猫庵』の女将、化け猫のマオでーす！　こう見えて千年以上は生きているし、ここにいるどのモノノケよりもずっと長生きだから。よろしくね、人間さん」

差し出された手は小さく幼げで、これでカガリさんより年上というのだから度肝を抜かれる。こういうところでモノノケと人間の違いを痛感するな。

おずおず握り返せば、マオさんは「にゃん」と口元を緩ませた。ミズミさんよりはまだ友好的……かな？

「ほら、ツヅキチも挨拶しなよー」

「なんで儂《わし》が人間の小娘に……」

「いいから、いいから。ほーら」

マオさんに引っ張られて男性が渋々立ち上がる。流れ的に彼こそが、カガリさんともっとも仲の悪い化け狸だろう。

「……秋の区域、『湯湧院ポンポン』の大旦那であるツヅキチだ。『オキツネの宿』に協力している人間なんて、儂はよろしくするつもりはないからな」

ツヅキチさんは短く刈り上げた茶髪にからし色の着物を着流し、どんっと大きく出たまさにタヌキ腹で、凄まれるとかなり迫力がある。片目に走った切り傷がまた極道の親分っぽくて恐ろしい。

頭に愛らしい小さな耳と、立ち上がった際に見えた丸めの尻尾がなかったら、たぶんもっと怖かった。

「結月さんは僕の宿に欠かせない大切な方です。イタズラに脅かすような真似は止めてくれますか？」

スッと、カガリさんが私とツヅキチさんの間に割って入ってくれる。

ホッとしたのも束の間、ツヅキチさんは「ああ⁉」とドスの利いた声を響かせて、勢いよくカガリさんに掴みかかった。

「おまえが儂に命令するな！　あのときの決着をここでつけてもいいんだぞ⁉」

「……温泉郷内での喧嘩はご法度《はっと》になったはずですよ？　手を離してください」

「関係あるか！」

「区の代表が決まりを守らないのはいただけませんね」

バチバチと火花を散らして睨み合う二人には、なにやら過去に深い因縁があるみたいだ。

「儂はおまえのそのスカした態度が昔から気に入らんのだ！」

「僕もあなたの短気なところには昔から辟易《へきえき》しています」

しかも意外なことに、カガリさんも一歩も引かない。

ミズミさんは「これだからタヌキとキツネは粗暴で嫌ね」と顔を顰め、マオさんは「あはは、またやってるー」と手を叩いて笑うだけ。私といえば、普段は菩薩のようなカガリさんが見せた好戦的な一面と、四区の想像以上の混沌とした状況に置いてけぼりをくっていた。

だ、大丈夫なのかな、この会議……。

「だいじょうぶ、だいじょうぶ！　こんなでも長い年月、温泉郷内をまとめてきた代表たちだから。ちゃんとやるときはやるよ。まあでもそろそろ、君というお客さんもいることだし止めておこうか」

私の懸念を汲み取ったマオさんは、悪ガキのような表情を浮かべると、ガバッと背後からカガリさんの首元に飛びついた。すごい跳躍でおんぶお化けみたいになっている。

「おっと……危ないですよ、マオ」

「ふふふ。いつも温厚なカガリが、ツヅキチ相手だと温厚じゃなくなるもんね。でも落ち着いて。ツヅキチも大人げないよ」

すみませんとカガリさんはすんなり謝り、ツヅキチさんもチッと舌打ちしてカガリさんから手を離した。なるほど、年長のマオさんがまとめ役なんだな。

いったん場が収まると、自然と四人は円になって座布団に座る。私のぶんもミズミさんが仕方なさそうにしながらも用意してくれたので、ひっそりとカガリさんの斜め後ろに控えた。

ゆらゆらと、マオさんが長い尻尾を機嫌よさそうに揺らめかせる。

「それじゃあ、改めまして――『四大温泉宿会議』をはじめるよ」

開始まではひと悶着あったものの、会議は一度回り出せば粛々と進んでいった。

議題は最近の温泉郷内での目立った出来事、どんな問題が起こって対処はどうなっているか、人間の世界との関わり方の見直し云々……と様々だ。時折ツヅキチさんがカガリさんに突っかかることはあれど、その度にマオさんが宥め、ミズミさんが話を的確に整理していった。なるほど、確かにチームワークは悪くない。

私はただただ、邪魔をしないように進行を見守るのみだ。

……ただ、議題の中で気になることがひとつ。

「ふーん……じゃあなにか『よくないもの』が、この温泉郷に入り込んでいるかもってことなんだね」

マオさんの確認に、ツヅキチさんが「ああ」と苦い顔で頷く。

なんでも秋の区域では近頃、謎の黒い靄に客や従業員のモノノケたちが次々と襲われ、気を失って倒れているところを発見される事件が頻発しているという。

ツヅキチさんはすでに調査中らしいが、手掛かりもなく靄の正体はいまだ不明。なにかしらのモノノケかもしれないし、モノノケによる力の一種かもしれないとか。

気になるのは靄、という点だ。

……私が橋のところで見かけた『あれ』や、幼い頃に出会ったあの靄とは、無関係だよね？

「そんな靄、この冬の区画ではまだ現れてはいないね。一介のモノノケが暴れているだけならまだいいが、『マザリモノ』だったら少々厄介だよ。話を聞いていると、その線が濃いだろうけど」

「あの、マザリモノって……？」

「なんだ、カガリに教えられていないのかい」

露骨に面倒くさそうにしながらも、ミズミさんが説明してくれる。

マザリモノというのは、力を失ったモノノケたちの集合体。モノノケは妖力が弱まりすぎると人間で言うところの死に至るが、同じ弱りかけのモノノケたちを取り込むことで、生きながらえようとすることがあるらしい。

「弱いモノノケの最後の延命手段さ。そう滅多に生まれるもんじゃないが、自我もなく周囲の妖力を喰らおうとする。その秋の区域で倒れていた連中も、妖力を取られて気を失ったんだろう。私は直接対面したことはないが、見た目は一定の姿を保てないから靄のようだと聞いたね」

「私は何度か会ったことあるよー。気配自体がもうどろどろしているの。まさにモノノケのなれの果てって感じ」

なれの果て……マオさんの言葉に心臓がぎゅっとなる。私の出会ったあの白い靄も、そんな危ない存在かもしれないの……？

「……もし、その、マザリモノに会ったらどうするんですか？」

「んー、消しちゃうのが早いかな」

「消す……」

「生かしておいても悪さをするだけだよ？　もし人間の世界に流れたら、君たちだって被害に遭うんだから。モノノケを襲えない代わりに人間を意味もなく襲うの。そっちの世界で知られる民話や伝承には、マザリモノのことが形を変えて伝わっているものもいくつかあるんだよ。そうだな……この地で言うなら、例えば『通り悪魔』」

また知らない単語だ。

今度は傍にいるカガリさんが小声で補足してくれる。

「加賀にも伝承のあるモノノケですよ。気持ちがそぞろになっている人間に憑りつき、その者の心を乱すとされています。幻覚のようなものを見せてきますが、精神を落ち着かせれば打ち払えます。かつて『通り魔』を犯す人間は、この『通り悪魔』が原因だとも言われておりました」

「通り悪魔の正体が、人間の世界に流れたマザリモノってことですか……？」

「その可能性もある、という話ですね」

実際のところはカガリさんたちにもわからず、ただ人間の伝承にある実態のないモノノケの正体は、マザリモノであることが多いのではないかと、名のあるモノノケたちの間では考えられているという。

「モノノケなんて本質はみんな自由だけどさー。それでも一応、私たちは規律を定めてやっているの。勝手されちゃ困るんだよね。この件に関してはツヅキチを中心に様子見で、もしマザリモノを見つけたら区の代表が責任もって処分！　はい決まり！」

物騒なことをサラッと決定事項にして、マオさんは「それよりさー」と即座に別の話題に移る。

「本日最後の明るい議題に移ろうよ！　もうすぐ一年の締めの番付が出る頃だねー。今年こそ加賀モノノケ温泉郷一番の座は、うちの『猫庵』がいただくから」

「ぬかせ、今年は『湯湧院ポンポン』が一番だ」

「おやまあ、負け犬ならぬ負けダヌキと負け猫がよく吠えること。今年も一番は『川胡荘』さ」

にわかに色めき立つ三区の代表たち。聞けばこの時期、毎年恒例となっている『湯めぐり百科』に載るお宿の番付が発表されるんだそうだ。査定を行うのは、百科の元を作った超温泉マニアのモノノケである鵺《ぬえ》。

当然、全国のモノノケ温泉郷内での順位も重視すべきところだが、加賀モノノケ温泉郷は四区で格付けを争っているということか。

「……って、あの、カガリさんは交ざらなくていいんですか？」

「僕ですか？」

僕の宿も負けていませんよとか、今年は『オキツネの宿』が頂点を取りますからとか。流れに乗ってなにか発言するかと思いきや、見上げた琥珀色の瞳はきょとんとしている。

カガリさんがこういう順位などに興味が薄いことは、なんとなく予想がつくけど、春の区域だけ蚊帳《かや》の外みたいなのは私が気に入らない。

「ここはビシッと、代表として宣言しときましょうよ！　『オキツネの宿』だって一番になれるかもしれないんだし……！」

そこでプッと、どこからともなく漏れ出る嘲笑。

次いで、クスクスクス、ガッハッハッ、ケラケラケラと、三者三様に笑いの洪水が起こる。

「クスクス……知らないんだねえ、そこの人間は。自分の協力している宿が、ざっと二百年は四区で連続最下位だという事実を」

「ハッ、ついでに全国の番付には掠りもしてねえと教えてやれや。たしかにはるか昔には、ソイツの宿が一番のときもあったがな。本当に昔のことだ。今じゃ張り合うだけ無駄だろう」

「一番はさすがに無理じゃないかなー」
マ、マオさんまで……！
私は我慢できずに立ち上がる。ここまであからさまにバカにされて、根っからの負けず嫌いに火がついた。にこやかな笑みを崩さないカガリさんがなにも言わないなら、私が代わりに言ってやる。

「け、結果が出るまではわからないじゃないですか！　こっちだってこの頃は、活気が戻りはじめて絶好調なんです！」

そうだ。ツララ様の一件からお客様も増えて、宿も日に日にグレードアップしている。上昇を続けているのだから、希望がないことはないはずだ。

「『オキツネの宿』は負けません！」

精一杯に声を張り上げる。

いきり立つ私に対し、マオさんは「あ、だったらさ！」と、なにか閃《ひらめ》いたようにピンッと尻尾を立てた。

「うちらの宿に見学に来てみる？」

「け、見学……？」

「自分のところとの差がわからないから、そういうことを言えちゃうわけでしょ？　身の程を知ることも大事っていうかー。さっそくこの後、この『川胡荘』をミズミに案内してもらえばいいじゃん。外側だけじゃ見えないとこまでさ」

突拍子もない提案に私は動揺するが、それはミズミさんも同じだ。「なにを勝手なことを！」と小さな瞳でマオさんを睨んでいる。

「双方に悪い話じゃないと思うよ？　人間さんは敵情視察も兼ねた勉強になるし、うちらは人間の目から見て宿を評価してもらえばいい。それにほら、ちょっとした余興だよ、番付発表前の」

ね？　と無邪気に、しかし猫目だけは爛々と輝かせて、マオさんが有無を言わせない圧をかけてくる。ツヅキチさんもミズミさんも、こういう面ではマオさんには敵わないようで、納得がいかないふうではあったが口答えはしなかった。

唯一口を挟んだのは、沈黙を保っていたカガリさんだ。

「……僕としては、結月さんさえよければ問題はありません。ただ他の区域に向かわせるなら、必ずクロエをお供としてつけること、結月さんに決して危害を加えないことを条件とさせてください」

「いいよ、りょーかい」

ゴロゴロと喉を鳴らしながら、マオさんは気負うことなく条件を呑んだ。

「あとは君次第だよ、人間さん。どうする？」

トントン拍子に話が進んで、当事者なのに完全に取り残されていた私に、ここにきて決定権が回ってくる。

白状すると、私は俄然ノリ気である。

他の区域を見てみたいという純粋な好奇心もあるし、マオさんの言うように敵を知って学ぶ価値はおおいにあるからだ。

「それじゃあ遠慮なく……皆さんの宿にお邪魔させていただきます」

ちゃんと相手を理解した上で、やっぱり『オキツネの宿』が一番だって堂々と言い放ってみせる！

＊＊＊

「ふぐう……ふぐぐぐ……」

「ど、どうしたんだい、結月ちゃん。怪物みたいな呻き声をあげて」

家の居間の机に突っ伏して苦悩していたら、障子戸を開けて入ってきた朔太郎叔父さんにドン引きされた。

本日の彼のシャツは雪だるま柄。いつかは秋にスイカ柄だったが、今度は些か季節を先取りしすぎている。

「いや、その……バイト先のことで……」

「バイト先？　ああ、お友達経由で頼まれた、温泉宿の手伝いだっけ」

「うん……」

先日――私は四大温泉宿会議にて議決された、三区のお宿訪問を滞りなく終えた。

ミズミさんの『川胡荘』から始まり、ツヅキチさんの『湯湧院ポンポン』、マオさんの『猫庵』と、順番に一日ずつ回っていったのだが、まんまとマオさんの思惑通り、あらゆる面での差を思い知って打ちのめされてしまった。

温泉宿の娘である人間の私から見ても、彼らのお宿は文句なしに素晴らしかったのである。

建物は綺麗で大きく、たくさんのお客さんで賑わっており、温泉も手入れが行き届いている上に種類も豊富。なにより彼の宿には、そこにしかない『売り』がちゃんとあった。

例えば『川胡荘』は、様々な生態のモノノケたちに対応した、美容と健康のサービスが充実。特に人型の変化を解いたカワウソたちが、水かきのある手足を駆使して行う『もみ処』が大人気で、私もやってもらったがまさに至福のひとときだった。あれはズルい。リピーターになってしまう。

そうかと思いきや『湯湧院ポンポン』の最大の持ち味は料理。従業員数が四区の宿で一番多く、腕に覚えのある板前タヌキを何匹もそろえ、和洋中に亘るメニューがとにかく無限大。そしてなにを頼んでも頬っぺたが落ちそうなほどおいしいのだ。あれもズルい。メニューを全制覇したくなるし、見た目もいいから全部写真を撮りたくなる。

また、『猫庵』の宿内には立派な舞台があり、マオさんは『マタタビ一座』を率いる座長でもあった。芸事に秀でた化け猫たちの見世物は面白く、温泉でほっこりした後の宴会を盛り上げるにはもってこいだ。あれだってズルい。普通に一座のファンになっちゃうし、大衆演劇のよさがよくよく理解できた。

……なにか『オキツネの宿』にも、彼らに引けを取らないような、もっとお客さんを呼びこめる売りが必要だ。

三区のお宿訪問後、カガリさんにそう率直に意見を述べてみたら、「そうですね。またよかったら、結月さんの『あいでぃあ』を聞かせてください」と、慣れない横文字を交えてやんわりお願いされてしまった。

カガリさんから頼られるのは、信頼されているみたいで正直とっても嬉しい。だから張り切って考えていたのだけど……いくら考えてもろくなアイディアが浮かばず、こうして家でも呻いていたわけである。

「……参考までに、叔父さんはうちの『月結いの宿』の売りはなんだと思う？」

「えっ……売りって、アピールポイントってことだよね？　うーん、うちは家族経営の小さな宿だからなあ。大きい宿や有名な宿とは違って目立つ特徴はないけど、だからこそ実家みたいな雰囲気でくつろげるっていうか。あと女将である姉さんの細やかな気遣いとか、結月ちゃんっていう若女将の元気な接客とか」

「わ、私へのお世辞はいいよ！」

「いやいや、うちには結月ちゃんの元気満点な姿がないと！　『月結いの宿』らしさがなくなるからね。売りっていうのはささやかでも、そういうその宿にしかない『らしさ』が肝心なんじゃないかい？」

快活に笑う叔父さんのアドバイスに、私は目から鱗だった。

三区と張り合うことばかり考えていたため、なにか早急にバーンと派手な客寄せをしなくちゃと焦っていたけど、変に背伸びしなくていいんだ。ちゃんと『オキツネの宿』らしさが出るような企画で勝負すれば。

でもそれじゃあ、『オキツネの宿』らしいアピールの仕方って？

そっちはそっちで新たな悩みの渦中に陥る。再び頭を抱える私に苦笑しつつ、叔父さんは従業員用の法被を脱いで、床に放置されていた黒のレザージャケットを手に取った。

「どこか行くの？」

「うん。写真の仕事が入ってね、そのロケハンに車で金沢の方へ」

「ろけはん……？」

「ロケーション・ハンティングの略。つまり撮影場所の下見だよ。結月ちゃんも行くかい？　今は宿にお客さんもいないし、夜までに帰ってくればいいだろう。姉さんには俺から言っておくよ」

今は平日の昼間で、学校はテスト期間のため午前中で終わった。テスト勉強の方は残りは得意科目なので躍起にならずともよく、息抜きがてら叔父さんとドライブもいいかもしれない。

ジャケットから取り出した車のキーを、叔父さんは指に引っかけてくるくると回転させる。

「お茶もおごるよ？　ロケ地は兼六園だから、茶屋に入っておいしい和スウィーツでも食べよう」

「兼六園なんだ⁉　やった、行きたい！」

「よし、じゃあ決まりだね」

嬉々として立ち上がって、私は着替えるために部屋へと向かった。だらけた部屋着では出掛けられないからね。


家の裏手に駐めてある叔父さんのバンに乗って、北陸自動車道を走り、加賀から金沢方面を目指す。車体自体は年代物で少々ガタついているが、運転は手慣れていてスムーズなので安心だ。

白い雲が漂う青空の下を、車はどんどん先に進んでいく。

助手席に座って窓の外を眺めながら、私はズレたキャスケットを直す。いっぱい歩き回れるように、服装はラフなボーダーTシャツにマウンテンパーカー、めったに穿かないショートパンツに着替えた。

「叔父さん、音楽とかは聞かないの？」

「CDは古いやつしかないからなあ。ラジオなら」

運転席の叔父さんが、ポチッとボタンを押してラジオをつける。

流れてきたのはローカル放送の番組で、なんともタイミングよく、金沢の人気店をピックアップして紹介していた。

「あ、今紹介された街中の雑貨店、ミナが……友達が好きそう。近江町《おうみちょう》市場に今度、コロッケを食べに行く予定なんだけど、そのときに寄ってみようかな」

「へえ、お友達と近江町に行くのかい」

『近江町市場』といえば、別名『金沢の台所』。石川県屈指のグルメスポットだ。日本海で獲れた新鮮な海の幸をはじめ、一風変わったアイスクリームや青果店の搾りたてジュース、名物のコロッケなどなど、食べ歩きにも適した美味しいものが目白押しで、テレビにもよく取り上げられる活気あふれる市場である。

ミナもリポーターさんがコロッケを頬張る姿をテレビで見て、衝動的に「食べたい！」となったらしい。

いつも誘ってくれるのは彼女からだから、雑貨店には私から誘ってみようかな。

「もし俺の予定が空いていたらこの車で送ってあげるよ。水曜日は避けてさ。金沢の店は水曜に定休日が多いから」

「え、いいの!?　すっごく助かる！」

「オーケー、オーケー！　それに俺、なんか安心したんだよね」

安心？　と、首を傾げる私に対し、叔父さんは「うん」と優しく頷く。

「結月ちゃん、いつもうちの宿の手伝いばかりで、友達と遊びに行く話とかあんまり聞かなかったからさ」

「そ、そうかな？　もしかして私、友達いないと思われてた!?」

「あはは、そういう意味じゃないよ。ただ結月ちゃんってほら、これと決めたらそれだけに一直線なとこ、あるだろう？　だから宿のことを優先し過ぎて、他が見えていないんじゃないかって……姉さんが心配していたんだ」

「お母さんが……？」

意外なところで名前が出てきて、私は瞳を瞬かせる。

わりと猪突猛進な性格をしている点は認めるが、そんな話は初耳だ。

「一途にがんばれるのは素敵な長所だよ。結月ちゃんがうちの宿をとっても大事にしていて、継ぐ意志が固いことも知っているし。でもさ、気負いすぎているなとは俺も感じていたんだ。まだ高校生なんだし、それこそ友達と遊んだりバイトしたり……姉さんはもっと、結月ちゃんに視野を広げて欲しかったんだよ」

今となってはだいぶ昔のことにも、逆につい昨日のことのようにも感じるが、宿をたたむ、たたまないでお母さんと喧嘩したときの会話を思い出す。

私が実家の宿にこだわりすぎているとか、将来のことをもっとちゃんと考えろとか言われて……あのときは頭に血が上って家を飛び出しちゃったけど、お母さんが本当に伝えたかったのはそういうことなの？

「最近の結月ちゃんは、いい意味で肩の力が抜けている気がするよ。柔軟になったというか……」

「……自分じゃわかんないや」

「かもね。小さな変化だし。でも宿のお客さんへの接し方とかを見ていればわかるよ。口にしないだけで、姉さんも同じことを感じているんじゃないかな」

口調は軽いけど、フロントガラスに映る叔父さんの目は真剣だ。

姉弟とはいえ、叔父さんとお母さんは顔がまったく似ていないのに、こういう表情をするとそっくりだなと思う。

……もし叔父さんが言うように、私の視野が広がって態度にも余裕が生まれているのだとしたら、確実に『オキツネの宿』での日々が影響しているだろう。奇天烈なモノノケ連中に囲まれていたら柔軟にもなる。

「ちょっとは私も……ねんねから大人になれているかな」

私の呟きは叔父さんには届かなくて、「ん？　なにか言ったかい？」と聞き返されたが、なんでもないよと誤魔化した。

なんとなく気恥ずかしくて、そのあと私はシートに体を埋めて寝たふりを決め込んだのだった。

車を兼六園に一番近い兼六坂パーキングに駐めて、徒歩三分ほどで園内に足を踏み入れる。

平日とはいえ、まだまだ紅葉シーズン真っ只中で、金沢の代名詞とも言える庭園とくれば人の出入りが途絶えることはない。私はたくさんの家族連れや観光客などとすれ違いながら、自然美に彩られた園内を散策する。

「どこを中心に見て行こうかな」

宿のお客様に聞かれたらそつなく答えられるよう、押さえておくべき観光地として基本情報は頭に入っているが、実際に訪れるのは那谷寺と同じくらい久しぶりだ。

兼六園といえば、定番の見どころはまず『徽軫灯籠《ことじとうろう》』か。長さの違う二本脚で立つ灯籠は、傍らの紅葉の木や橋との一体感が見事で、絵葉書などのモチーフでもよく使われている。当然これは外せない。

他にも園内最古の建物である『夕顔亭《ゆうがおてい》』とか、曲水に沿って季節の花が楽しめる『花見橋《はなみばし》』とか、瓢箪《ひょうたん》のような形をした『瓢池《ひさごいけ》』とか。

どれもこれも見応えは抜群なので、じっくり見て回りたくてうずうずしてしまう。どこの茶屋でお茶にするかも吟味したいし。

「叔父さん！　まずはあっちの方に……って、あ！」

しかし、浮かれていた私は途中でハッとなる。

「ご、ごめん。今日は仕事で来ていたんだよね。まずは叔父さんのロケハン？　を終わらせないと……」

「ああ、気にしないで。下見だから結月ちゃんの好きに歩けばいいよ。俺も好きに見て行くしさ」

隣を歩く叔父さんが、肩に掛けたカメラバッグをポンと叩く。本日は使わないようだが念のために持ってきたみたいだ。

足元では紅《あか》い木々の狭間から注ぐ木漏れ日が、サアッと波のようにさざめいている。

「本番の仕事内容はどんな感じなの？」

「そう難しくはないよ。企業とかじゃなくて個人の依頼でさ。二週間後に遠方から家族旅行に来る予定で、兼六園で何枚か撮ってほしいそうなんだ。基本はこちらにお任せで、特にこういったシチュエーションで……ってリクエストはないんだけど、ある程度はどこで撮るか決めておきたくて」

「広いもんね。どこでも写真映えしそうだし……」

「当日の天気とかにもよるんだけどね。とりあえずこの時期だし、背景に雪吊りは必須かな」

そうだ、もうひとつ外せないポイントを忘れていた。

兼六園では重たい雪から木の枝を守るために、毎年十一月の頭から、縄で枝を保つ伝統的な『雪吊り』を実施する。移ろいゆく四季を感じられる、北陸の冬の風物詩である。

……ふと、『雪』と聞いて連想したのは、雪女のツララ様のことだ。

そういえば彼女との会話で、人間の世界への観光で兼六園に行くようなことをおっしゃっていたな。

「ツララ様、観光の方は楽しめたのかな……」

一番入りたかった温泉にはなんとか入れてあげられて、大満足でお帰りいただけたからよかったけど。どうせなら人間の世界の観光も楽しんでもらえていたらいいなあと、そう思って無意識にこぼしていた。

叔父さんが「ツララ？　珍しい名前だね、その子もお友達？」と尋ねてくる。

「えっ、ええっと、そんなとこかな？　け、県外から来た子なんだけど、この前兼六園にひとりで観光に行ったみたいで」

「ひとりでのんびりもいいねえ。でもそれなら、今度は結月ちゃんが案内してあげればいいよ」

「私が案内……？」

「結月ちゃん、観光案内は宿のお客さん相手に慣れているだろうし。ガイドさんしてあげなよ」

　叔父さんは笑って何気なく「きっと喜ぶよ」と言ってくれたが、私は天啓を得た気分だった。

　そうだ、この企画なら……『オキツネの宿』らしさも出せるし、カガリさんの考えにも添える。

　なによりきっと、モノノケのお客様たちにも喜んでもらえる！

「叔父さん、今日は本当にいろいろとありがとう！」

「んん？　急にどうしたんだい？　まだお茶もおごってないのに……」

「たくさんヒントもらったから！」

　疑問符を浮かべる叔父さんに対し、脳内を覆う霧が晴れて私の気分は上々だ。

　その後は、あれこれ頭の中で企画を練りつつ、時間が許す限り叔父さんと園内散策を楽しんだ。

　茶屋は第一印象で「ここだ！」と勘が働いたところを選び、おススメの抹茶ケーキを堪能。金箔の産地としても知られる金沢らしく、ケーキには眩《まばゆ》い金箔が舞っていて、見た目も上品なら濃厚な抹茶の味わいも美味しかった。叔父さんは叔父さんで撮影プランを無事に立てられたようで、二人とも収穫があってなによりである。

　そして帰る頃には陽は沈み、夕食やお風呂も済ませてあっという間に夜。

本日は泊まり客が一組で、旅行で疲れたご年配の夫婦は早々に就寝してしまい、今宵の『月結いの宿』は静かなものだ。

「もうすぐ十時か……」

畳に敷いたお布団の上でごろりと寝転がりながら、スマホに表示された時計をじっと見つめる。

家具は古い勉強机に箪笥《たんす》、マンガや教科書の詰まった小さな本棚のみと最低限だが、ぬいぐるみや写真立てなど雑多な物が多い自室で、私はどうしようかと葛藤していた。

本来なら明日のテストに備え、このままお布団にもぐって眠ってしまうのが正解だ。夜更かしはよくない、それはわかっている。

だけど練り上げた企画のアイディアをすぐに、それこそ『今』すぐにカガリさんに伝えたくて、心が逸って眠れそうにないのだ。

「こんな時間からモノノケの世界に行くなんて、カガリさんに怒られちゃうかな……でもちょっと顔を出すだけだし……少し話すくらいなら……」

バタバタとお布団の上で暴れて、自問自答を繰り返す。

「あーもう！　よし、決めた！」

このままではどうせ眠れない。

私は起き上がって、部屋着の上から薄手のコートを羽織った。

パッと行ってパッと帰るだけ！　と誰にともなく言い訳をし、お風呂上がりでまだ湿っている髪を、水引の飾り紐できゅっと括る。

……万が一にもお母さんにバレないように、私は部屋どころか、今まで家の周辺でモノノケ世界への行き来はしなかった。

お母さんはあまり興味がないのか、私の『バイト先』についてはいまだに一切詮索してこないけど、化け狐の宿で働いているなんて荒唐無稽な話、できるわけないしね。

今日だって叔父さんに「そういえば、結月ちゃんの働いている宿ってどこなんだい？　俺も知っているところ？」と聞かれて誤魔化すのが大変だったのに。

そんなわけで、自室からモノノケたちのもとへ行くのは今回が初である。部屋の真ん中に朱塗りの鳥居が立つ光景は、なんともミスマッチでシュールだった。

「それじゃあちょっとだけ……行ってきます」

＊　＊　＊

普段、私は鳥居をくぐるとき、目的地を『オキツネの宿の入り口前』に想定している。だけど今は直通狙いで、試しに『カガリさんのもと』に繋がるように祈ってみた。

すると――。

「――おや？」

湯けむりに包まれて辿り着いたのは、従業員用の宿舎の裏庭にあたる場所だった。背後には立ち並ぶ梅と桜の木。裸足に乾いた土が少し冷たい。

正面にはひとり、縁側に腰かけるカガリさんがいる。

彼は急な私の登場に動じた様子もなく、暗闇で一際《ひときわ》映える黄金色の髪と加賀友禅の羽織を揺らして、ほんの僅かに片眉を上げた。

「これは夜中に予想外の客人ですね」

「や、夜分にすみませんっ！　用件が済んだらすぐに帰るので！　その、どうしてもカガリさんに伝えたいことがあって……！」

「……夜は本来、モノノケたちがもっとも活発になる時間です。人間のあなたには危険が及ぶ可能性が高まるから、暗くなりきる前には人間の世界へ帰ること、また、亥の正刻を過ぎればこちらに来てはいけないこと。最初の契約のときにお約束したはずですが？」

「すみません……どうしても眠れなくて……」

「悪い子ですね、結月さん」

小さな子を窘めるような言い方に、バツが悪くて顔を逸らしてしまう。やっぱり来なきゃよかったと秒速で後悔した。しかし言葉に反して、カガリさんの顔はいつもと変わらぬ柔和なものだ。

そっと、彼が手招きする。

「来てしまったものは仕方がありません。足の土もはらって、どうぞこちらへお掛けください」

誘われるままに、土を落とし、おずおずと私はカガリさんの隣に座った。

宿の方では宴会でも行われているのか、遠くからどんちゃん騒ぎのような音が聞こえてくる。夜風に混じってほんのりお酒の匂いもして、見ればカガリさんの傍らには、お盆に載せた徳利とお猪口《ちょこ》があった。

「おひとりで酒盛りをしていたんですか……？　なんか、ちょっと意外です」

カガリさんといえば、湯呑のお茶でほっこりしている姿しか浮かばなくて、お酒を嗜むイメージがあまりなかった。実はイケるクチなのだろうか。

「たしかにそこまでお酒は好みませんね。僕以外の三区の代表は皆、無類の酒好きですが。ただ……」

悪戯っぽく笑って、彼の長い指先が夜空を示す。

「今夜は少し特別な夜なんです、ほら」

「特別な夜……？　わあ！」

頭上を仰いで私は感嘆の声をもらした。

黒一色の空に、真ん丸な月がぽっかりと穴を空けている。

まるでカガリさんの瞳のようなその満月は、常に私が見ている人間の世界の月よりも、輪郭がくっきりしていてはるかに大きい。このまま空から落っこちてきそうだと錯覚するほどだ。

「一年に一度だけある、人間の世界でいうところの中秋の名月のようなものです。今宵はきっとどのお宿でも、モノノケたちが月を肴に夜通し宴を開いていることでしょう。こちらの世界での行事ごとのひとつですよ」

「モノノケたちにもお月見なんて習わしがあるんですね。でもそれなら、私に事前に教えてくれても……」

「教えたら結月さんはこの月を見たがって、夜もここにいようとするじゃないですか」

それはその通りだったので、悔しいがなにも言い返せなかった。拗《す》ねたように口を尖らせる私に、なんだってお見通しのカガリさんは、おかしそうに笑ってお猪口を手に取る。

「あ、注ぎますよ」

「ではお願いします」

徳利を受け取り、なみなみとお酒を注ぐ。

お客様相手に酌をすることはたまにあるので、我ながら慣れたものだ。

「この徳利……それにお猪口も、九谷焼《くたにやき》ですよね？　それもかなり腕のいい職人さん作の」

酒器には梅を中心に、色取り取りの花々が敷き詰めるように描かれている。このように花模様を全体にあしらい、輪郭を金で彩った『花詰《はなづめ》』は、地元が誇る伝統工芸品・九谷焼を代表する絵柄だ。

九谷焼の食器はうちの宿でも使っているが、花詰は特別な祝いごとに使用する柄でもあると、以前お母さんに教わったっけ。

「お目が高い。これはその昔、若き九谷焼職人が作った試作品をたまたま見かけて、僕が気に入って買い取ったものです。耳や尻尾も消して、もっとしっかり人間に化けてね」

「カガリさんの昔って……それ、本っっっ当に昔ですよね？」

「百年単位とかではないので、そこまでは……。ですがこれを作った職人は、後に人間国宝になったとかなんとか」

「ひえっ」

それが事実なら価値は計り知れない。

徳利を持ったまま青ざめる私に、カガリさんは「冗談ですよ」と喉を鳴らしたが、真相は闇の中だ。ガチな気もする。

「中身の日本酒も加賀の地酒です。純米大吟醸で、口あたりがよく旨みが強い。清らかな水と質のいいお米がとれるこの地は、全国でも指折りの酒どころですからね。今宵、月見酒を目的に泊まりに来られたヤコウ様のために、一等いい酒をご用意したんですよ」

「ヤコウ様というと……前にツヅキチさんの宿に途中で鞍替えした、あのぬらりひょんの……？」

『湯湧院ポンポン』にしてやられた案件の！

「ええ。先ほどまでは僕も接待をしていたのですが、今はクロエがお相手を代わり、シロエには『主様はもう休んでいいから』と追い出されてしまいまして……。ここで静かに、たまにはひとり酒に興じていたというわけです」

「なるほど……でもよかったですね」

聞けばまたかなり急な訪問だったようだが、それでも今度こそ『オキツネの宿』に泊まりに来てくれたのは私も嬉しい。

それにビジネス面での話になってしまうけど、モノノケの中でも大物らしいぬらりひょんが、こういう特別な行事の日に『選んだ宿』となると、自然と宿自体にも箔がつくというものだ。

「一番盛り上がっていたのはクロエですかね。『これでやっと性悪ダヌキどもに一泡ふかせられた！』と」

そう言いつつ、実はカガリさんも上機嫌なのではないかな。九つの尻尾がバラバラにふりふり揺れている上に、お酒のせいもあるかもだが、いつもより饒舌だ。

そこでゆるやかに吹いた風が、桜の花弁を掬《すく》い上げて闇夜に散らす。

月の光を浴びるカガリさんの結わえられた髪が、淡い輝きを帯びていてとても綺麗だ。

……そろそろ本題に入らないといけないことは百も承知だし、あれほど一刻も早く伝えたいと思っていたのに、私はまだもう少しこの心安らぐ空間にいたくて、つい別の質問をしてしまう。

「その、差し支えなければなんですけど……どうしてカガリさんとツヅキチさんは、あんなに仲が悪いんですか……？」

「……端的に言えば、出会った頃から反りが合わないというやつでしょうか」

「そ、それだけですか？」

「はい。単純にお互いが気に喰わないんです」

なにかもっと決定的な理由があるのかと思いきや、予想よりどうしようもない感じだった。タヌキとキツネは本能的に仲良くはできないのだろうか。

「それこそ数百年前……僕の宿が温泉郷で一番栄えていた時代、僕もまだまだ血気盛んでしてね。ツヅキチとは顔を合わせる度、取っ組み合いの大ゲンカばかり繰り返していたんですよ」

「カ、カガリさんが取っ組み合いの大ゲンカ!?」

「ツヅキチの片目に、大きな切り傷があったでしょう？　あれは僕がつけたものです」

マ、マジですか……。

カガリさんは「若気の至りというやつですかね。お恥ずかしい」と頬を染めて照れているが、これは照れる類《たぐい》の話なのか？　私は反応に困ってしまう。そんな荒っぽいカガリさんなんて想像すらできない。

「僕の背中の方にも、ツヅキチにやられた傷がありますよ。見ますか？」

「い、いいです、いいです！　遠慮します！」

「それは残念」

するりと、わざとらしくズラした羽織を直す。やっぱり今夜の彼はだいぶ砕けている。

その普段との違いに面食らいつつも、あまり知らなかったカガリさんのことを一晩《ひと》でたくさん知れて、私はなんだか得した気分だった。

足先をブラブラと跳ねさせて月を見上げる私の耳に、カガリさんが「それで」と改まったふうに呟く。

「僕の話の次は、結月さんの番ですよ。僕に伝えたいこととはなんですか？」

「あっ！　と、それは……」

「新しい企画の『あいでぃあ』ですか？」

「……はい」

これ以上は引っ張れそうになくて、私は思い付いた企画の概要をカガリさんにようやく伝えた。うんうんと、カガリさんは相槌を打ちながら耳を傾けてくれる。

聞き終わると、月光の中で彼はふわりと微笑んだ。

「それは……とてもよい案ですね」

「ほ、本当ですか!?」

「はい。僕の宿らしさがあると同時に、結月さんらしさも感じられて。さっそく明日から、クロエやシロエも入れて企画を進めていきましょう」

私が一番重点を置いた『らしさ』という点を汲み取ってくれ、私らしいとも評してくれたカガリさんは、本当に褒め上手というか、的確に欲しい言葉をくれるキツネ様だ。こちらのモチベーションを一気に上げてくるのもズルい。

却下されたらめげずにまた次の案を考えるだけだったけど、受け入れられてホッとしながらお礼を言えば、「礼を述べるべきはこちらですよ」と苦笑される。

「結月さんにはとても感謝しているんです。僕の宿のために心を尽くしてくれて……

あのときもカッコよかったですよ」

「あのとき……？」

「三区の代表たちに面と向かって啖呵《たんか》を切ったときです」

「た、啖呵って！　あれはそんな大げさなものでは……！」

『オキツネの宿』は負けないと、高らかに言い放ったやつだ。

　後から考えるとだいぶ突っ走った自覚があるため、そこを持ち出されると居たたまれずに俯いてしまう。

「ただ、あまり無茶はしないでくださいね。なにやら不穏なことが温泉郷内で起こっているようなので」

　それは秋の区域で黒い靄……まだ不確定だがおそらくマザリモノが、モノノケたちを襲っている事件のことだろう。

　私は橋のところで見かけた白い靄について、カガリさんには報告しておくべきかで一瞬迷った。その悪さをしている靄そのものじゃないとしても、なにか関係があるかもしれないと。

　だけどマオさんの『マザリモノを見つけたら即処分』という容赦のない物言いを思い出して、結局「……はい」と頷くだけに留める。

　束の間、静寂が場に落ちた。

いつのまにか宴会の騒ぎもいったん落ち着きをみせている。

チラッと覗き見れば、カガリさんが酒に口をつけるところだった。お猪口を傾ける仕草が妙に艶美で見惚れていたら、「いつか結月さんとも酒を酌み交わせたらいいですね」と微笑まれる。

「それは……真の意味でねんねから大人になったら、かな」

「？　どういう意味ですか？」

「こっちの話なので。気にしないでください」

靄のことは頭の隅に追いやって私も笑い返す。

……そんな日が、いつか来るといいな。

ひらりと舞った花弁が一枚、私の素足の上に落ちてくる。

カガリさんに帰るよう促されるまで、私はただ黙って、近くて遠いような大きな月を見つめていた。

第四章

人間界ツアーと迷子の子ダヌキ

「はい！　それじゃあ『オキツネの宿』主催、『わくわく人間界ツアー』に参加するお客様は集まってくださーい！」

とある日曜日の、空が青く晴れ渡った午前中。

『オキツネの宿』の正面玄関前にて。

そう高らかに呼び掛けると、数人のモノノケたちが、ぞろぞろ……とこぞって私の周りに寄ってきた。ただモノノケといっても、今はみんな見事に人間に化けている状態だ。目立ちすぎない装いをして、体にそれらしい特徴も残していない。

パッと見は、だけど。

その化け具合も今からチェックさせていただく。

「点呼を取るので、お名前を呼ばれた方は一歩前に出てくださいね」

はーい！　と、存外いいお返事がもらえる。

私は手元の名簿と照らし合わせつつ、クロエやシロエにも手伝ってもらって、モノノケたちがちゃんと人間のフリができているかも細かく見ていった。

……うん、これといって問題はなさそう。

中には変化自体が苦手なモノノケもいるので、そういうときはカガリさんを呼んで『変化の術』なるものを相手にかけてもらう必要がある。この術、自分にかけるならまだしも他者にかけるのは高等テクだとクロエから聞いたので、やはり『カガリさん只者じゃない説』は私の中で濃厚になる日々だ。

こうして着々と、出発前の準備を進めていく。

——私が他の三区のお宿に対抗するため、新しく提案した企画とは、ずばり、この『人間界ツアー』である。

なんの捻りもない名称の通り、モノノケたちを人間界……つまり私が紹介できる範囲の地元に連れて行き、解説を加えて案内しようという企画だ。

ガイドは私。

なので基本的には土日のみ、六～七名の少人数制で決行する。

移動には便利な魔法の鳥居があるため、モノノケたちの希望も取り入れつつ、金沢から加賀の観光名所をこちらでプランニング。お昼前頃から出掛けてそれらを巡り尽くした後は、そのまま『オキツネの宿』に泊まってもらうという算段だ。

「おい、こっちは確認終わったぞ」

「こっちも終わったよ！」

シロエとクロエが離れたところからOKサインをくれた。私の方も最後のひとりのチェックを終えたところだ。

お客様から「楽しみねえ」とか「人間の観光地なんてあまり行かないもの」とか、期待する声があちこちから聞こえて、こちらも心が弾む。

今は幼い子供に化けている赤鬼くんなんかは「僕、人間の世界に行くのは初めて！」と、わくわくした様子で飛び跳ねている。

この温泉郷のようにモノノケだけが住む世界が地方にできてから、人間の世界に馴染んで暮らすモノノケもいれど、逆にモノノケ世界しか知らない赤鬼くんみたいな子も大勢いるという。そんな子にはこのツアーは特に楽しんでもらいたい。

他の三区のように派手な売りではないけど、お客様の笑顔をなにより大事にする『オキツネの宿』らしさ。加えて地元愛あふれるモノノケであるカガリさんらしさも、表現できるように考えたこの企画は、今のところ大盛況。二ヶ月先まで予約はいっぱいである。

くるりと、水引の飾り紐で結ったポニーテールを、私は軽快に翻す。

「準備が整ったところで……本日のツアー、開始します！」

本日のツアープランは、金沢の兼六園をゆっくりと楽しんでから、遅めの昼食を近江町市場で摂って、加賀の鶴仙渓の遊歩道を散策して『オキツネの宿』に戻る……といった、地元の王道の観光ラインナップだった。

　このツアーを運営する側の一番の強みは、通常なら念入りに考慮しなくてはいけない移動時間を、計算からまるっと省けること。鳥居さえくぐればものの数秒で目的地に着いちゃうのだから、本当に鳥居様々だ。

　おまけにこの鳥居が普通の人間には見えないことは知っていたが、通るところなども認識されないようになっているらしい。他の人には違和感なく、そこに私たちがいたみたいになるのだ。

　自動更新式の『湯めぐり百科』といい、宿の建物が成長するシステムといい、モノノケ世界のアイテムって意外と革新的で面白いよね。

「ただいま戻りましたー」

　無事にツアーを完遂して宿に帰り、お客様はクロエに預けてカガリさんを捜していたら、廊下でバッタリとシロエに会う。

「おかえり、結月ちゃん！　今日も案内役お疲れ様！　主様なら中庭の足湯のところにいるよ」

　彼女は私の捜し人をすぐに察して、居所を教えてくれた。

「ありがとう、中庭に行ってみるね」

「あっ！　でもね、今ちょっと行ったらびっくりするかも」

「びっくり……？」

シロエは「行けばわかるよ」と詳細は教えてくれず、私はとにかく中庭へと向かった。

ツアー後に、最中の様子やお客様からいただいた感想を、カガリさんにきちんと報告するまでが私の仕事だ。本日もご満足いただけた声ばかりなので、早くカガリさんに伝えたかった。

「いたいた、カガリさん……って、あれ？」

「おや、結月さん。もう戻られていたんですね、おかえりなさい」

「……チッ。誰かと思えば、人間の小娘か」

この時間にもなると、モノノケ世界の空もだいぶ陽が傾き、薄暗い庭には灯り代わりの狐火が浮いている。

その火に照らされて桜の木のもとに佇んでいたのは、捜していたカガリさんと、なぜか『湯湧院ポンポン』の大旦那であるツヅキチさんだった。どっしり構えた出で立ちは相変わらず迫力満点だ。

シロエが言っていたのは彼のことか。

でもどうして、カガリさんとは犬猿の仲（キツネとタヌキだけど）のツヅキチさんが、こんなところに？

「彼がここにいる理由はですね……」

「わあ、人間のおねえちゃんだ！」

説明しようとしたカガリさんを遮るように、パシャパシャと近くの足湯処の方から水音がした。

目を凝らして見れば、歳が十にいくかいかないかくらいの男の子が、湯の中で元気よく小さな両足をバタつかせている。その子は私と目が合うと、濡れた足を拭く間もなく、こちらにパタパタと駆け寄ってきた。

「こんにちは、人間のおねえちゃん！　オレはマメタ！」

「マメタくん……？」

「うん！」

マメタと名乗ったチビッ子としゃがんで目線を合わせる。

ピョコピョコと癖のついた短い茶色の髪に、若草色の甚平姿。前歯の抜けた状態で快活に笑う彼は、いかにもやんちゃ坊主といった感じだ。

そして見覚えのある、頭に生えた小さな耳と丸めの短い尻尾。顔立ちも鋭さを取り払えば似ているし……おそらくこの子は……。

「ソイツは儂の倅《せがれ》だ」

知らぬ間に傍に立っていたツヅキチさんが、仏頂面で私たちを見下ろしていた。

マメタくんは弾かれたように顔を上げ、「父ちゃん！」とツヅキチさんの大きなお腹に抱きつく。

「おう、マメタ。もう足湯はいいのか？」

「うん、気持ちよかったよ！」

「そうかそうか。うちんとこにはねえからなあ。気に入ったんなら、今度おまえのために設けるか」

先程までの貫録など彼方に置き去り、デレデレ顔でツヅキチさんがマメタくんの頭を豪快に撫でる。

予想は的中し、この二人は化け狸の親子のようだ。ツヅキチさんに息子さんがいたこともびっくりだが、このやり取りを見るにかなり親バカなことにも二重にびっくりである。

「ツヅキチはああ見えて愛妻家の子煩悩なんですよ。奥さんのこともマメタくんのことも、目に入れても痛くないくらい溺愛しています」

「モノノケも見かけによらないですね……」

カガリさんと並んで、仲睦まじい親子を感慨深く見守る。

しばらくそうしていたら、マメタくんは子供ゆえの自由奔放さで、今度は急にカガリさんの方に突進する。

「カガリー！　しっぽ！　もふもふ！」

「おやおや、次は僕の尻尾をご所望ですか？　どうぞ、お好きなように」

「わー！」

毛艶のいい九本の尻尾にもふっと全身を埋めるマメタくんは、カガリさんにずいぶんと懐いているらしい。愛息が宿敵相手にきゃっきゃっと戯れている様を前に、ツヅキチさんは苦虫を噛み潰したような顔をしている。お子様に振り回されている姿は少しおかしかった。

カガリさんは尻尾をマメタくんに好きにさせたまま、「それで本題ですが……」と私に視線を向ける。

「このマメタくんを、僕の宿で四日ほど預かることになりまして」

「えっ？　ツヅキチさんの息子さんを『オキツネの宿』で、ですか……？」

なぜそんな展開に。

私の疑問に対し、地を這うような不機嫌さで口を開いたのはツヅキチさんだ。

「儂の嫁が明日から四日間、『全国女化け狸の会』とやらの集まりに参加するために、別の地方の温泉郷に泊まりがけで出掛けるんだ。なにかあれば鳥居ですぐ戻ってこられるが、儂も嫁をゆっくりさせてやりたい。それでマメタの面倒を儂ひとりで見ることになったんだが……今はうちの区域自体が、黒い靄の事件で混乱している。対処に追われて儂も自由が利かん。いたしかたなく、マメタを他の区に預けることにしたんだ。最初はミズミのとこにでも頼もうかと考えていたんだが……」

「やだ。オレはカガリのとこがいい！」

「……こう言って譲らんのだ」

黒い靄の事件がこんなところにも弊害を及ぼすなんて。

ぎゅーっと、マメタくんは黄金色の尻尾に強くすがる。ツヅキチさんには不本意でしかなさそうだが、可愛い息子のワガママには逆らえなかったのだと察せられた。

ふふっと、カガリさんは穏やかな笑みを崩さない。

「マメタくんにお貸しする部屋は、従業員用の宿舎に空き部屋があるのでそちらに。面倒は僕の宿のみんなで見ようかと。結月さんにも遊び相手などを頼むこともあるかもしれません」

「わ、私は大丈夫ですけど……」

そっとマメタくんの様子を窺えば、「よろしくおねがいします！」と元気よく手を挙げられた。

……素直ないい子そうだし、これといって大変なことにはならないかな？

「儂の息子を頼んだぞ、カガリ。……この礼は近いうちにする。儂は借りは必ず返すし、筋はきっちり通す主義だ」

「あなたらしいですね、ツヅキチ。マメタくんのことはお任せください」

静かに視線を交わす二区の代表たち。

いがみ合いながらも、カガリさんとツヅキチさんの間には確固たる信頼関係があるらしい。なんだかんだ互いを認めているのかな。

「やった！　カガリのところでお泊まり！　いっぱい遊んでもらうんだー！」

感心する私の横で、明日から『オキツネの宿』に居候する子ダヌキは、そう無邪気にコロコロと笑っていた。


「シ、シロエ？　どうしたの、そんなよれよれで……」

「あ……結月ちゃん……ふふふ……」

玄関前で掃き掃除に勤しんでいたシロエは、見るからに憔悴しきっていた。声に覇気はなく、ホウキを動かす手もなんだかおぼつかない。

普段は頼れる仲居頭である彼女の変わり果てた様子に、私は目を丸くしてしまう。

マメタくんを預かる運びとなってから、私が『オキツネの宿』に出勤するのは三日ぶりだ。ラストの授業が先生の気まぐれで早々に終わり、学校を出てすぐに来たので、頭の上に広がる空はまだ明るい。

「と、とりあえず手伝うよ。なにがあったのか詳しく教えて」

柱に立てかけてあった予備のホウキを手にし、制服のまま掃除に加わる。色の落ちた桜の花弁を集めながら、シロエから事情を聞いた。

彼女がこうなってしまった原因は、薄々そうかな？　と予想していたがマメタくんだった。

「基本的にはね、礼儀正しくてすっごくいい子なんだよ？　商売敵の子とか関係なく、うちの宿のみんなも可愛がっているし。でもね、好奇心が旺盛すぎるというか、ワンパクすぎるというか……とにかくじっとしていられないみたいで」

「あー……なんか想像できるよ」

「お泊まり初日にあたしが宿内を案内したんだけど、ちょっと目を離すともう傍にいないの。『これはなに？』『あっちの部屋は？』『オレお外行きたい！』って、あちこち走り回って……そんな感じでもう三日だよ。今は手隙の仲居の子たちが、宿舎の裏庭で遊んであげているとこ。でも体力勝負だと思う」

へにょりと、力なく垂れ下がる白い狐耳と尻尾。

なんというか、私はお疲れ様としか言えなかった。初対面の印象通り、マメタくんは元気が有り余っている子なんだろうな。

私もシロエも接客業に従事しているし、宿泊客には家族連れも多いので子供の相手は慣れている。シロエにいたっては私などよりよほどベテランさんのはずだ。

そんな彼女をここまで参らせるのだから、マメタくん恐るべし。

「あ！　人間のおねえちゃんがいるー！」

連日の快晴に響き渡る溌剌とした声。

噂をすれば宿舎に繋がる庭の方から、片手で抱っこできるほどの大きさしかないミニダヌキが、四本の足でタッタッタッと駆けてきた。

それを後ろから追いかけているのは、狐耳の仲居さんふたり。「待ってください、マメタ様！」「危ないから走らないでくださいー！」とゼエゼエ息を切らしている。体力勝負の意味を一瞬で理解できる光景だ。

子ダヌキは前足で急ブレーキをかけて、私の前でピタリと止まる。そうかと思いきや、跳躍して空中で一回転し、着地する頃には甚平を着た人型バージョンのマメタくんになっていた。

お見事な変化に、パチパチと拍手してしまう。

「見ていてくれた？　どうだった？　オレ、変化は得意なんだ！　父ちゃんに教えてもらった！」

「うん、とっても上手だった。すごいね、マメタくん」

「へへっ」

褒められるとはにかむ様子は純粋に微笑ましい。

さらに彼はもう一度変化。すると今度は、服装が黄色いパーカーと紺のハーフパンツに変わり、耳と尻尾が消えて完全に人間の男の子になった。その姿でマメタくんは、

「ねえ、人間のおねえちゃん」と、ねだるように私の制服のスカートをつまんでくる。

「オレさ、人間のおねえちゃんにお願いがあるんだ」

「その前に結月だよ、私の名前。ゆ、づ、き」

「ゆづきおねえちゃん？」

「そう。それでお願いって？」

「あのね、オレを人間の世界に連れていって欲しい！」

意外な『お願い』に瞬きを繰り返す。

どうやらマメタくんは人間の世界に一度も行ったことがなく、興味津々らしい。

「父ちゃんも母ちゃんも、お前にはまだ早いって行かせてくれないんだ。でもオレは行きたい！　そのためにこの変化も覚えたんだ。人間の世界に紛れて住んでいる親戚のポンジロウ叔父さんに、人間のこともいろいろと聞いたんだよ！」

「そ、そうなんだ。でも私が勝手に連れ出すわけには……」

「カガリも付き添いがいるならいいって言った！　人間のゆづきおねえちゃんが一緒

ならいいだろ？」

「……うーん」

スカートを引っ張られながら思案する。

カガリさんから許可が出ているなら、私が連れていってもいいのかな？

どこか子供が楽しめそうなところに今すぐ行けば、おそらく暗くなる前には帰って来られる。鳥居を使えばすぐだしね。

それに……と、私はシロエを含めた仲居さんたちを見遣る。彼女たちはマメタくんパワーでもうへとへとだ。今晩はこれから、確か一反木綿の大家族が薩摩《さつま》からいらっしゃる予定なのに。

ここは私がマメタくんのお相手を引き受けた方が、仲居さんたちも助かるだろう。

なによりきっとマメタくんは、私が「うん」と頷くまで引かない気がした。

「……わかったよ。私と人間の世界に行こうか、マメタくん」

「やった！　ありがとう、ゆづきおねえちゃん！」

万歳三唱でテンションを上げているマメタくんに、ちゃんと私の言うことは守ってねと約束させる。シロエは心配そうにこちらを窺っているが、私の馴染みのある場所で少し遊ばせるくらいなら平気だろう。

ただ一応なにかあったときのために、カガリさんにだけは伝えておいてとお願いしておく。

「早く行こう、行こう！」

「どこに行くか決めるからちょっと待ってね」

そんな成り行きで私は、おねだり上手な子ダヌキのために、臨時の『人間界ツアー』を開くことになったのだった。


「わあ、広い！　なにここ広い！　人間もたくさんいるー！」

目一杯に腕を広げて、マメタくんは真ん丸な瞳をキラキラさせている。

鳥居を抜けてやってきたのは、この『金沢城公園』だ。

外庭であった兼六園と隣接しているここは、加賀百万石を誇る金沢のシンボルともされる場所である。

歴史を感じられる建造物が点在し、中でも兼六園と金沢城公園を繋ぐ『石川門』、食糧庫や武器庫にも使用されていたという『三十間長屋《さんじっけんながや》』、国内最大級の土蔵である『鶴丸倉庫』の三つは、国の重要文化財にも指定されている。他にも近年に復元された『菱櫓《ひしやぐら》』や『五十間長屋《ごじっけんながや》』などなど、隅から隅まで見どころだらけだ。

しかしこの公園の魅力はそれだけではなく、私がここにマメタくんを連れてきた理由は別にある。

「人間の世界にある街って、オレたち化け狸の好きな自然が少ないって叔父さんが言っていたけど、ここは緑いっぱいだね。気持ちいい！」

「確かに昔と比べたら自然は少ないだろうけど……この金沢城公園とその周辺は、『緑の心臓』って呼ばれているんだよ」

「みどりのしんぞう？」

そう、まさしく行き先に決めた理由がそれだ。

「この公園は街中なのに植物が豊富でしょ？　ざっと五百種類以上はあるんだって。そのことから金沢の中心に位置する緑地って意味と、心臓から血液が体に巡るみたいに、ここから街に緑が行き渡っている意味で『緑の心臓』っていうらしいよ。これだけ自然いっぱいで広々としていたら、マメタくんも退屈しないかと思って……あっ！」

人間界ツアーのために再勉強した私の観光地解説は、すでに興奮しきっているお子様には余計なものだったようだ。

話の途中で、マメタくんはすでに走り出していた。

「ゆづきおねえちゃん！　あっち！　あっちの木はなんの木？　あそこのお花も見たい！　あの建物も気になる！」

「わ、わかった！　順番に見て回ろうね！」

慌ててその小さな体を掴まえて、いったん落ち着くように宥める。そんな私たちは歳の離れた姉弟にでも見えるようで、園内をお散歩中の老夫婦に「あらあら」と笑われてしまった。

わかりきっていたことだが、マメタくんのお相手はなかなかにハードなミッションだ。私は密かに気合いを入れ直す。

「……よし、閉園時間ギリギリまで遊び倒そうか、マメタくん！」

「らじゃー！」

これまたポンジロウ叔父さんとやらの入れ知恵なのか、ビシッと敬礼される。

それからふたりで、珍しい木々や花を見つけ合ったり、手を繋いで園内を見て回ったり、『新丸広場』という大きな原っぱで追いかけっこをしたりして過ごした。はしゃぐマメタくんについていくのは大変だったけど、こんなふうに童心に返って遊ぶのもたまには悪くない。私もマメタくんも充足感はたっぷりだった。

……そんな中で事件が起こったのは、淡い茜色の陽が、緑をじわじわと染めはじめる頃であった。

「あれ？」

休憩館から出たところで、私は呆然と立ち竦んだ。

この園内に建つ『鶴の丸休憩館』は、全面ガラス張りで、中から周囲の景色を見渡せる。オシャレな茶屋も設けられており、工芸品の器と共に和菓子やお茶で一服できるちょっとした憩いの場だ。

私たちはここで一休みしたら、そろそろ『オキツネの宿』に戻ろうかという話をしていたのだ。閉園時間も近付いているし、撤退時だろうと。

しかし展示されていた金沢城に関する資料に、私がほんの少し意識を取られていた隙だった。「出口で待ってるね！」と告げて、先に出たはずのマメタくんの姿が消えていた。

「う、うそ……マメタくん！　マメタくんどこ⁉」

休憩館の周辺や、戻って中を捜しても彼は見つからない。

これまでマメタくんは、勝手に走り出して暴走することはあれど、私の目の届く範囲にはいてくれた。根が賢い子なので、見知らぬ場所で私と離れてはいけないと本能的にわかっていたのだろう。

だからこそ、ここにきて油断してしまった。

「ど、どうしよう……」

頭上でカアカアと鳴くカラスの声が焦燥感を煽《あお》る。この間にマメタくんになにかあったらと思うと気が気じゃない。

……とにかく捜さなくちゃ！

短時間でそう遠くには行けないはずだと当たりをつけて、彼の名を絶え間なく呼びながら捜索する。

その最中、私は『極楽橋』のところで、ポツンとしゃがみ込むひとりの女の子を視界に留めた。

「あれって……でもまさか……」

極楽橋は二の丸から本丸へと繋ぐ、木製の素朴な反り橋だ。その橋の中程にいた少女は、五、六歳ほどでマメタくんよりも幼く、赤い水玉模様のワンピースに白いカーディガンを羽織り、ツインテールにした黒髪を頼りなげに揺らしていた。

そんな少女の足元に、なにやら茶色いもふっとした毛玉の影があったのだ。そう、見覚えのある毛玉が。

「あの、ちょっといいかな?」

「……わたし?」

怯えさせないように努めて優しく声をかければ、少女が緩慢な動作で振り向いた。毛玉こと子ダヌキも同時にこちらを見上げ、目が合うと「あ」と言葉なく尻尾を立たせる。

うん、間違いなくマメタくんだ。

「いきなりごめんね。そのタヌキってどうしたのかな?」

「……迷子なの」

「えっと、タヌキが？」

「ううん、わたしが。お父さんたちが見つからなくてここで泣いていたら、このタヌキさんが寄ってきてくれたの。ずっと傍にいてなぐさめてくれていたのよ」

なんと、この子も迷子なのか。

言われてみれば周囲に保護者らしき存在がいない。少女のくりくりした瞳は、泣き腫らしたのか微かに赤くなっていた。

マメタくんは普通のタヌキのフリをしているようで、ふんふんと少女の膝に鼻をすりつけている。女の子とセットだと、生き物というよりは精巧なぬいぐるみのようにも見えるな。

ちなみに『金沢城公園』には植物だけでなく、多くの野生動物も生息していて、中にはタヌキもいるらしい。化け狸じゃなくてね。

少女に一言断って、私はマメタくんを抱き上げる。

小声でこそこそと事情聴取だ。

「……で、これはどういう状況なのかな？」

「ゆづきおねえちゃんを外で待っていたら、あの女の子がフラフラとオレの前を通っていったんだ。ぐすぐす泣いていたから気になって追いかけたら、この橋の真ん中でうずくまっちゃって」

「なるほど、いなくなった理由はわかったよ。でもなんでタヌキの姿なの？」

「あの子の父ちゃんと母ちゃんを見つけてあげようと思って！」

なんでも元のタヌキの姿になると、鼻が利くようになって人捜しができるそうだ。

鼻を少女に近付けていたのは、少女の親の匂いを嗅ぎ分けていたそう。

「あ！　変化を解くときは、ちゃんと人間に見られないように気を付けたよ！　大丈夫！」

「そういう問題じゃないんだけど……」

事情が事情なので、諸々のことを叱るのも難しい。私は深く息を吐いて、マメタくんの迷子の件は不問にすることにした。目を離した私がそもそも悪いし。

それに今は、少女の親を見つけてあげることが優先だ。

「ご両親の居場所はわかりそうなの？」

「うん。あっち！」

マメタくんは鼻先で橋の向こう側を示す。私は少女に片手を差し出して、「一緒にお父さんたちを捜そうか」と促した。素直に手を取ってくれた少女は、腰を上げてすんなりとついてくる。

「今日はお父さんとお母さん、三人で公園に来たの？」

「うん……お父さんのお仕事がひさしぶりにお休みだったから、家族で近くにお出掛けしようってなって。わたしたちね、お隣の県から来たの。『けんろくえん』にも行ったのよ。お昼を食べて、お土産にお菓子とかもいっぱい買ったの」

隣の県というと、福井か富山か。観光なら兼六園と金沢城公園はまとめて回る人が多い。お決まりのコースだ。

「そっか。車で来たの？」

「うん。お父さんの運転で」

「楽しかった？」

「とっても楽しかった。家族が三人でいるの、本当にひさしぶりだったから。……なのにわたしが、お父さんの手を離してはぐれちゃったの。離しちゃダメだよって言われていたのに」

もう会えなかったらどうしよう。

そう呟いて、じわっと少女の瞳が潤む。私の肩に移動したマメタくんが、励ますようにキュウンキュウンと鳴いた。タヌキってこんな感じに鳴くんだな。

意外と高い鳴き声がおかしかったのか、「変な声！」と涙を引っ込めて笑ってくれた少女に、私も「安心して」と微笑みかける。

「私とこのタヌキさんが、絶対にお父さんたちのところに連れていくから！」

そんなふうに少女を元気付けながら、前足や鼻先で道案内をしてくれるマメタくんに従って、夕暮れに移ろう園内を歩いた。この時間帯にもなると、人気《ひとけ》は徐々に引いていく。

黄昏時というのはどこか物悲しさが募るもので、心細い想いをしている少女にはなおさらだろう。

ぎゅっと握った、いとけない手に力が込められたときだ。

「あっ！　あそこにいる人たちじゃないかな？」

ようやく前方にそれらしい人たちを見つけた。まだ年若いご夫婦は、あたりを見回して必死に誰かを捜しているようだ。

少女のツインテールがぴょんっと跳ねる。

「お父さん！　お母さん！」

一目散に駆け寄った少女を、父親だろう男性が受け止める。母親らしき女性も、無事を確かめるように少女の頬に手を添えた。

三つの影が重なって、どうやら親子は再会を果たせたみたいだ。

「はあ、よかった。お手柄だったね、マメタくん。……マメタくん？」

寄り添うご家族の様子に胸を撫で下ろしていたら、マメタくんが急に私の頬にスリスリとすり寄ってきた。

甘えるようなその行動に、私は「どうしたの？」と尋ねる。

「……オレも」

「うん」

「オレも、早く父ちゃんや母ちゃんに会いたい」

押し潰すみたいに漏れ出たその一言に、「ああ、そうか」となんだか納得する。

『オキツネの宿』に預けられている間、表に出さなかっただけで、きっとマメタくんも寂しかったのだ。

過剰なほどはしゃぎ回っていたのは、親と離れたその寂しさを誤魔化すためもあったのかもしれない。モノノケの生きる年月は人間と違うけれど、マメタくんだってまだまだお父さんやお母さんが恋しい年頃なのだろう。

私はよしよしと、もふもふの背をさする。

「明日の夕方にはツヅキチさんが迎えに来てくれるからね。それまでは私とシロエ、クロエやカガリさんがいるから」

「カガリは好きだよ。シロエやクロエも。ゆづきおねえちゃんも大好き。でも……」

「うんうん、一日も早くお父さんたちに会いたいよね」

私の肩に顔を埋めて、マメタくんはしょんぼりしてしまった。賑やかな『オキツネの宿』に一刻も早く連れ帰って、少しでもいつもの明るさを取り戻してもらおう。

そう考えて踵を返そうとしたら、「まって！」と高い声で呼び止められる。

「これ、タヌキさんとおねえちゃんに！　お父さんやお母さんのところに連れていってくれてありがとう！」

走ってきた少女が、ぐいっとなにかを寄越してきた。ご両親がそろってこちらに頭を下げている。

私の手の平に残ったのは、小振りの透明な袋に詰められた、カラフルな色が弾ける金平糖《こんぺいとう》だった。

「わ！　なにこれ、なにこれ!?　お星さま!?　キレイ！」

少女が去った瞬間、マメタくんは喰い付くように袋に鼻先を近づける。親子が兼六園で買ったというお土産だろう。貼られたラベルには徽軫灯籠《ことじとうろう》のイラストが印刷されている。

「金平糖だよ、知らない？　甘くて美味しいよ。一粒食べてみる？」

「うん！」

先ほどの意気消沈した様子はどこへやら、もうすでに復活しているのだから、この子ダヌキはげんきんなものだ。

しかしさっそく袋を開けようとしたら、「や、やっぱりいい！」となぜか止められてしまう。

「ん？　宿に帰ってからにする？」

「そうじゃなくて……このコンペイトウ、オレがぜんぶもらってもいい？」

「それはいいけど……」

「……父ちゃんと母ちゃんにあげたいんだ」

ボソボソと返ってきた可愛らしい案に、私は「それはいいね」と笑って、その茶色いもふもふの頭を撫でたのだった。

＊　＊　＊

「父ちゃん！」

「おうおう、会いたかったぞ。いい子にしていたか？　マメタ」

金沢城公園にお出掛けした翌日。

予定していた通りの夕刻に、ツヅキチさんはマメタくんを迎えに『オキツネの宿』に現れた。

私とカガリさんが見送りをしようと正面入り口前に顔を出せば、耳&尻尾つきの人型バージョンのマメタくんが、助走をつけてツヅキチさんの大きなお腹に飛び込むところだった。

「オレ、ちゃんといい子にしていたよ！　言い付けは守ったし、カガリたちにも迷惑かけてない！」

「そうか、さすがは儂の自慢の息子だ。寂しくはなかったか？」

「なかった！　平気！」

「そうかそうか」

もちろんここで、マメタくんの強がりに口を出すなど無粋なことはしない。「偉いぞ」とツヅキチさんに褒められて、マメタくんはえへへと嬉しそうだ。

でもあのことは完全に忘れているな。

「マメタくん、これ。君が寝泊まりしていた宿舎の部屋にあったよ。ツヅキチさんに渡さなくていいの？」

「あっ！　忘れてた！」

置き去りにされていた未開封の金平糖を、さりげなく近付いてマメタくんに手渡す。そのままマメタくんは流れるように、ツヅキチさんに「はい、父ちゃんへ！」と勢いよく差し出した。

「なんだ、この菓子を儂にくれるのか？」

「父ちゃんと母ちゃんに食べてほしくて……特に父ちゃんは、最近忙しくて『お疲れ』だから」

「マメタ……」

ああ、ツヅキチさんがじーんと感極まっている。

筋金入りの親バカだなあ……という私の生温かい視線に気付いてか、緩んだ表情はすぐに引き締められてしまったけど。

わざとらしく厳つく眉をつり上げ、それでも大事そうにこそこそと懐に金平糖を仕舞ったツヅキチさんは、改めてカガリさんに向き直る。

「倅が世話になったな。礼を言う」

「いいえ、困ったときはお互い様ですから」

「ふん……癪《しゃく》だが、これも礼の一部として受け取れ。お前に情報をふたつ流しといてやる」

ここからは真面目な大人同士の話のようだ。

存外こういう場面では空気をしっかり読むマメタくんは、ツヅキチさんに身を預けて大人しくしている。

「……まずあの黒い靄のことだが、マザリモノでほぼ間違いないな。そして靄はおそらく移動した」

「移動、といいますと？」

「先日うちの区域で、最後に襲われた者が倒れていた場所が、区と区を繋ぐ境界の橋のところだったんだ。襲った後に靄は橋を渡った可能性が高い。向かったのは夏の区域だな」

「マオのところですか……」

「あの化け猫にはもう伝えてある。『一座の稽古の邪魔はしないで欲しいんだけどなあ』と、呑気なものだったがな」

　その反応は容易に想像できる。マオさんはまさしく猫のごとく気ままでマイペースだ。

「夏の区域で片をつけてくれたらいいんだが……。もし逃れたら、次はおまえのところに来るかもしれん。まあ気を付けるこったな」

「ご忠告、確《しか》と承りました」

「あともうひとつの情報だが、これは確証がないからまだ他には伝えていない。聞くだけ聞いておけ」

　ふんぞり返ってツヅキチさんが告げた内容に、私は密かに心臓が跳ねた。

　彼は言ったのだ、「白い靄を見た者がいた」——と。

「黒い靄じゃないぞ、白い靄だ。なにかはまだわからん。マザリモノが二体もいたら厄介どころの話じゃないが、目撃した者が数人いただけで、そちらに襲われたなどの報告は今のところないな」

「ふむ……白い靄、ですね」

長い睫毛を思案げに伏せるカガリさんが、なにを考えているかはわからない。

ただ、温泉宿会議に向かう途中で見たあれは、決して私の見間違いではなかったのだと、その存在を改めて認識する。

……もしその白い靄が、遠い日に友達になったあの靄だとしたら、私はどうすればいいんだろう。

「父ちゃん、父ちゃん。お話は終わった？」

「ん？　おお、待たせて悪かったな。もう終わりだ」

さすがに痺れを切らしたのか、マメタくんがツヅキチさんの着物の袖をくいっと引っ張った。「早く母ちゃんにも会いたい……」と小声で呟くマメタくんを、ツヅキチさんはガハハと笑って軽々と抱き上げる。

「よっし！　うちに帰るぞ、マメタ！」

「うん！」

「……じゃあな、カガリ。今回の件は助かった。相変わらずおまえのことは気に喰わんがな」

「僕もあなたとは一生気が合いそうにありません」

「喰えないキツネめ」

「お互い様でしょう」

軽口を交わすカガリさんたちに、私の中で生まれた『喧嘩するほど仲がいい』疑惑はいったんおいて。私もマメタくんに「またね」と手を振ると、彼もツヅキチさんに抱えられながらぶんぶんと手を振り返してきた。

「いろいろとありがとう！　またお出掛けしようね、ゆづきおねえちゃん！」

迷子にならなければね、と心の中で苦笑しながら返答する。

こうして騒がしい化け狸の親子は、仲良く連れ立って自分たちの住まう区域へと帰っていった。

「さて。僕たちも宿の中に戻りましょうか」

「はい……あの、カガリさん」

控え目に呼び止めれば、私と同じ飾り紐で縛られた髪がサラリと流れる。琥珀色の瞳が「どうしました？」と私に問いかけた。

いつかの月見酒のときには言えず仕舞いだったけど、今度こそ白い靄のことを話さなくちゃ。もしあの靄がマザリモノだったとしても……カガリさんなら、なんとかしてくれるかもしれないし。

「じ、実はその……」

「――捜したぞ、結月！　こんなところにいたのか！」

意を決して口を開いたところで、鋭い声が場に突き刺さった。玄関から顔を出しているのは、黒い狐耳をピンと尖らせたクロエだ。ミナ好みのクール系なイケメン顔にはなにやら焦りが浮かんでいる。

「百目鬼《どうめき》のマナコ様がお前をご指名だぞ。早く結月を連れてこいってうるせえ。また人間の世界の話が聞きたいんだとよ」

百目鬼のマナコ様は、腕に無数の目玉がある女性のモノノケで、日帰り湯によくやってくる、今や常連だ。

かつては人間の世界に住んでいたのだが、モノノケの世界に移住して久しく、なにかと私の人間界トークを聞きたがる。余談だが、移住するに至った最大の要因は、紫外線が目に痛くなったから……らしい。

「あの客は短気だからな。たくさんある目ん玉がどんどんつり上がっていくのがビビるぜ。これ以上機嫌を損ねる前にさっさと来てくれ」

「わ、わかったよ！　えっと」

チラリとカガリさんの顔を窺えば、「早く行ってあげてください」とあくまで穏やかに微笑まれる。

いついかなるときにおいても、業務中はお客様が最優先。

……白い靄のことは、また機会があるときでいいかな。

そう思い直し、黒い尻尾を急かすように振るクロエに続いて、私はお客様のもとへと向かったのだった。

第五章

あなたのための

目の前で女の子が泣いている。

小学校三、四年生くらいのその子は、赤いランドセルを背負って立ち竦んだまま、目元を何度もぬぐって震えていた。ワンピースから覗く手足は土で汚れていて、膝小僧には血が滲んでいる酷い有様だ。

なにがあったのかと問いかけたくても、体も喉もいっこうに動かせなくて、そこで私はようやく気付いた。

……ああ、これは夢の中なのだ、と。

同時に悟る——この女の子は幼いときの私だ。

「うっ、ううっ」

漏れ出る嗚咽《おえつ》を、成長した今の私はどこか遠くのことのように聞いている。すぐ傍に小さな私がいるのに、まるで画面の向こう側を見ているような感覚だった。

しばらくそうしていたら、ぼやけていた背景がだんだん明瞭になってきて、ここはうちの宿の裏庭なのだとわかる。竹垣の向こうには、ギリギリ人形《ひとがた》を保っているようなあの白い靄がいた。

霧は腕なのだろう部分を伸ばし、必死に小さな私の頭を撫でている。「どうして泣いているの？」と、そう問うているようにも思えた。

「あ、あのね、学校で今日、クラスの男の子と喧嘩になって……」

その言葉で、これがいつの夢なのかはっきりする。

小学校四年生に上がったばかりの頃、クラスに少々やんちゃな男の子がいて、いつも放課後の花壇の手入れを女子に押し付けてサボっていた。昔から負けん気が強かった私は、ついに堪忍袋の緒が切れて、止める友達の声も聞かずにその男子に思い切って注意したのだ。

激しい口論になり、その末に私は花壇めがけて突き飛ばされた。

なおこの件については、後からちゃんと「やり過ぎた」と男の子に謝ってもらったので、今は懐かしい思い出として水に流している。

だけど当時の私はとにかくびっくりして、擦りむいた膝や手の平が痛くて、お気に入りのワンピースが土まみれになったことが悲しくて……必死に涙を堪えながら、逃げるように家へと走って帰った。

女将の仕事で忙しいお母さんや、人一倍心配性な叔父さんに『男の子と喧嘩して怪我をした』なんてこと、正直には言えなかった。見つからないように裏庭に行った私は、夕暮れの中で霧を相手に本当のことを吐き出していた。

そんな記憶と違わず、目の前の小さな私は感情が決壊したように、ボロボロと涙をこぼして延々と泣き続けている。

靄はそんな私を前にずっとオロオロしていたが、やがて不思議な動作を繰り返し始めた。

小さな私の頭をポンポンと叩くと、次に自分の胸のあたりをトンッと押さえ、最後にシュッシュッとパンチを繰り出すような動作をする。

この靄は喋れなかったけど、時折こうして私に意思を伝えようとすることがあった。最初はふわっとしかわからなかったそれも、回数を踏むうちにだんだんと慣れてきて、靄の言わんとすることが正確に把握できるようになっていた。

「え、ええっと……」

ポンポンと撫でるのは、単純に『泣かないで』の意味。胸を押さえているのはおそらく、『自分がいるよ』と主張している。最後のシャドウボクシングのような動きはなんだったたか。

戦うとか暴れるとか……違う、『守る』だったかな。

「もしかして、私がもう泣かないように、自分が守るって言っているの？　あなたが、私を？」

コクリと頷かれて、小さな私は目をぱちくりとさせた。

得体の知れない白い靄は、他者を守れるくらい強そうには到底見えない。むしろへにょへにょなパンチをする様はちょっぴり間抜けだ。

だけどそのときの私は、靄のその気持ちが純粋に嬉しくて、やっと涙を止めて靄にくしゃくしゃな笑顔を見せた。

「ねえ、それなら約束だからね？　また私になにかあったときは、あなたが必ず助けに来て。私も、あなたを必ず助けるから」

もう一度「約束ね」と念を押すと、靄は先ほどよりも深く深く頷いて――。


「――ん」

家の自室の布団の上で、ゆるゆると意識を手繰り寄せるように目を覚ます。瞳に飛び込んできたのは板張りの天井で、白い靄などどこにもいなかった。

「なんか懐かしい夢だったな」

マメタくん騒動があってから数日経ったけど、まだカガリさんに白い靄を目撃したことを報告できていないから、今さらあんな夢を見たのだろうか。機会を逃し続けているだけだが、そのせいでずっと気掛かりなことは確かだ。

「あの約束をしたすぐ後だったよね……」

……あの靄が私の前から姿を消したのは。

幾度となく記憶を掘り起こしてみても、消えたその日のことだけはどうにも曖昧である。

一緒に過ごした時間のことや、交わした約束のことだってしっかり覚えているのに、その記憶だけが穴あきのようにぽっかり失われているのだ。

「やっぱり思い出せないな……あー、もう！　思考タイム終わり！」

頭を振って切り替えて、体を起こしてぐっと伸びをする。

本日は土曜日で、午前中から『オキツネの宿』に顔を出す予定なのだ。夜にはうちの『月結いの宿』にも、県外から大学生の集団が宿泊予定なので、帰ったらそちらの手伝いもしなくてはいけない。

つまり布団の上でぐだぐだしている暇など私には皆無。

まずは歯を磨いて顔を洗おうと、部屋を出て洗面台に向かう。

その途中、階段を下り切ったところで、仕事着ではないラフな恰好のお母さんと遭遇した。

「おはよう。もう出掛けるがんけ？」

「あ、うん」

ふーんと、自分から聞いたわりに軽く流して、お母さんはそのまま廊下の向こうに消えようとする。

　しかしなにを思ったのか、ふと立ち止まって私をじっと見つめてきた。

「ど、どうかした……？」

「今日もバイトに行くげんろ？　どうけ？　上手くやっとるけ？」

　その質問にいささか虚を衝かれ、ほんのわずかだが反応が遅れる。

　お母さんが私の『バイト』について聞いてくるのは、これが初めてだ。

「……う、うん、上手くというか、楽しんではやっているよ。従業員のみんなとは仲いいし、責任者の人にも信頼してもらっていろいろと任されているの。お客様も変わった、じゃなくてえっと、面白い方が多くて勉強にもなっているから。……あの宿の仕事、私は好きだよ」

　こうやって改めて口にしてみると、私にとって『オキツネの宿』の存在は、知らぬ間にずいぶんと大きくなっていたんだなと自覚する。

　お母さんは「ほうか」と、どことなく安心したように頷く。

「そのバイトのおかげかもしれんけど、あんたも前よりええ表情するようになったやない？　ねんね卒業も近付いとるわ」

「え!?　それじゃあ、うちの宿の存続は……！」

「だら、近付いとるってだけや。まだまだやわ」

出た、『だら』。『アホ』とか『間抜け』とかいう意味の悪口なのに、若干かわいく響く地元の方言。

ねんねと言われたばかりなのに、つい子供っぽい仕草で口を尖らせる私に、お母さんは「精進しまっし」とすげなく返す。

「わかったよ！　今日も精進するためにバイトいってきます！」

「いってらっしゃい。ああ、あと」

「なに？」

「今はあんたの仕事先、なんか大変ねんろ？　……あんま無茶はせんとき」

軽口ではなく真剣な響きだったので、私は面食らいながらも「う、うん」と素直に頷いた。

確かに今、私の仕事先であるモノノケ温泉郷はマザリモノのせいで大変だけど。そんなことお母さんは知るわけがないし、そもそも家でバイトの話なんてしたことないよね……？

そう引っ掛かりを覚えつつも、聞く前にお母さんはさっさと行ってしまった。私も「まあいいか」と諦めて、洗面台へと足を向けるのだった。

さて、支度を完璧にして家を出て、すぐそこの路地裏にこっそり入り、いつもどおり鳥居をくぐったわけだが。

「あ、あれ？　ここ……どこ？」

見慣れぬ景色に呆然とする。

目的地を『オキツネの宿』に定めたはずなのに、私が今立っているのは明らかに異なる場所だった。

まず宿の前などでは一切なく、道のド真ん中。田舎道とでも言えばいいのか、両側には青々とした田んぼが広がっている。まさに常春な春の区域と違って気温が高く、じわじわと全身に浮かんできた汗に、耐えられず長袖パーカーを腕まくりする。

なにはさておき暑い。

耳を突くミンミンという音は、おそらくセミだ。

もしかして、いやもしかしなくてもここって……。

「あれー？　カガリのとこの人間さんじゃん。どうしたの？　こんなところで」

セミの音に交じり、聞き覚えのある高い声がした。

しかし近くで聞こえたはずなのに、その声の主を捜してもいっこうに見つからない。きょろきょろと辺りを見回していたら、「ここだよー」とスキニーパンツの裾をくいくいと引っ張られる。

視線を下げると、そこにいたのは一匹の猫だった。

「ね、猫？　でもなんか見たことあるような……」

「はーい！　猫は猫でも『化け猫』でーす」

「それにこの声……マオさん!?」

毛は愛嬌のある茶トラ模様で、二又に分かれた尻尾はリズミカルにぶんぶんと振られている。そうかと思いきや、次の瞬間には足元から飛び退《の》いて、瞬く間に私の知るマオさんの姿になった。

彼女は明るいヒマワリ柄の着物を纏い、黄色いお団子頭と猫耳を揺らして「にゃん」と口角を上げる。

「まさか休憩がてらのお散歩中に、人間さんに会うとは思わなかったよ」

「どうして猫の姿で……？　ああいえ、それよりもマオさんがいるってことは、ここはやっぱり……」

「ここは私の治める夏の区域だけど？」

あっさりと予想は肯定されてしまう。

少なくとも春の区域ではないと思ったが……。

「猫の姿だったのは、仕事のとき以外はあっちの方が楽だから。もっと大きくもなれるけど、あれが本来の姿なの。人型への変化は疲れるんだよね」

「そんなものなんですか……？」

「カガリなんかは人型が常だっけ。もともとモノノケの種族的に、化け狐や化け狸は変化が得意で、私やミズミはそうでもないの。得手不得手の問題」

「は、はあ、なるほど」

「で、人間さんはどうしてここにいるの？　夏の区域に来るのは宿見学に来たとき以来だよね。またうちの一座でも観に来た？　せっかくだし寄っていく？」

マオさんの目線が、ツイッと私の背後に向く。それを辿っていけば、遠くの方に一面のヒマワリ畑と、その中心に建つクリーム色の宿らしき建物が見えた。暑さで蜃気楼のように微かに揺らいでいる。

あれがきっと前に一度だけお邪魔した、マオさんが女将を務める『猫庵』だ。ついでに座長を兼任している『マタタビ一座』の舞台もあそこにある。

「今なら特別に稽古風景を公開しちゃうよん」

「う……それは非常に魅力的なお誘いですが」

一回観劇しただけで、すっかり私は一座のファンになっていた。座長であるマオさんの舞踏も素晴らしいのだが、一番人気のニャサブロウさんの女形がお綺麗で……いや稽古は見たい、見たいんだけど。

「私がここに来たのは、どうも空間を繋ぐ鳥居が不調……？　みたいでして。『オキツネの宿』に辿り着くはずだったんですが、なぜかここに……」

「あー……もしかしたら、マザリモノの影響かもね」

「えっ」

ドキリと心臓がざわつく。

照り付ける日差しの下、マオさんは眉間に皺を寄せた。

「他のモノノケの妖力を奪って、だいぶ力をつけているみたいでさあ。この温泉郷の各所に悪い影響が出始めているのかも。鳥居の不調もそのせいじゃない？　私もつい昨日の夕刻、マザリモノと一戦交えたところだしねー」

「一戦って……ちょ、ええっ⁉　マオさん、マザリモノと遭遇したどころじゃなくて、戦ったんですか⁉」

「あれ？　報告は聞いてない？　そっちに伝達を送ったはずなんだけど」

私がこちらに来るのは三日ぶりだし、昨日そんなことがあったなら知らないのは当然だ。マザリモノが夏の区域に移ったらしいことだけは、ツヅキチさんからの情報で把握していたが、まさかそんなことになっていたとは。

よくよく見れば、マオさんの健康的でしなやかな腕には、いくつか痛々しい黒い痣がある。

「も、もしかしてその痣、マザリモノにやられたんですか？」

「そうなのー！　仮にも役者の体に傷をつけるなんて、本当に最悪！　うちの区域でも被害がたくさん出て、罠を張って誘《おび》き寄せてみたんだけどね。想像していたよりもあの黒い靄、他者の妖力でとんでもなく成長していてさ……稽古終わりで疲れていたとはいえ、まさかこの私がやられるとはって感じ」

あーもう、ありえない！　とマオさんは憤慨して、尻尾をビタンビタンと地面に叩きつけている。

実は本来の猫の姿でいたのは、戦って消費した妖力を回復するためもあったそうだ。妖力が完全に戻れば痣も治るらしく、見た目に反して痛みもないようで、なにはともあれ大事なさそうでよかった。

それに……マオさんが戦ったのが、『白い靄』じゃなくて『黒い靄』だったことにもホッとする。

「それであの、マザリモノはどうなったんですか……？」

「こっちもけっこう深手は負わせたつもりだけど、すんでのところで逃げられちゃってさー。でも人間さんが伝達を聞いていないなら、あのことも知らないよね」

「あのこと？」

「マザリモノが逃げた先は――春の区域だよ」

暑いはずなのに、ヒヤリと冷たい汗が背中を流れる。

マオさんの言うことが本当なら、『オキツネの宿』のみんなも危ないかもしれないということ？

カガリさんたちは無事なのだろうか。

「私も始末し損ねたことには責任を感じているし、春の区域にうちの従業員を一匹張り込ませているの。もしなにかあればこっちに報せを持ってきてもらって、助太刀《すけだち》してあげようかなーって。……あれはもう、区の代表でも独りじゃどうしようもないよ」

いつもおちゃらけているマオさんの、重苦しい雰囲気と暗い瞳に気圧される。事態は私が思っていたよりはるかに深刻なようだ。

どうにかして急いでここから『オキツネの宿』に向かい、みんなの無事を確かめなくては……と焦りを募らせていたら、そこでビュッと小さな竜巻がマオさんのすぐ横で起こった。

「今度はなにっ!?」とビクつく。

竜巻が収まって現れたのは、またしても猫。尻尾が二又なのはマオさんと変わらずだが、灰色の毛並みのスラリとした美猫だ。

「噂をすれば……春の区域でなにかあったの？　カザネ」

「はい、マオ様にご報告があります」

会話の流れ的にこのカザネさんこそが、マオさんが張り込ませていたという化け猫らしい。澄んだ声音からして女性かな。

カザネさんは猫の姿のまま、凛とした態度で淡々と述べる。

「それでは申し上げます。マオ様のご指示により警戒しておりましたが、つい先ほど春の区域で最初の被害が出ました。マザリモノに襲われて倒れた者がいるようです。妖力がそれなりに強いモノノケで、力を奪ったマザリモノはますます勢いづいているかと」

「……これはいよいよマズい展開だね」

「そ、その倒れたモノノケって、あの……！」

ぞわぞわと足元から這い上がってくるような、悪い予感が止まらない。反響し合うセミの音が私の焦燥を煽ってくる。

そしてそういう悪い予感こそ、なぜだか当たってしまうものだ。

「倒れたのは白い妖狐。――『オキツネの宿』の従業員で、シロエという名でした」

「――シロエ！」

障子戸を開け放ち、転がるように部屋へと飛び込んだ。

走ってきたことで乱れた呼吸を強引に整え、ぐっと顔を上げて室内を見遣る。

宿舎の北側にあるこの一室は、六畳ほどで目立つものは特になく、ただ一組の布団が真ん中に敷かれていた。そこでシロエは眠っており、傍にはあぐらをかいて座るクロエもいる。

「ク、クロエ……シロエの容体は⁉」

「まだ呼吸荒いぞ、いいから落ち着け。というかお前、来るって言っていた時間よりずいぶん遅かったが、そっちこそなんかあったのか？」

「わ、私の方は、えっと」

鳥居の不調については掻い摘んで説明する。一刻も早くシロエのもとに行きたがった私を、夏の区域から運んでくれたのはカザネさんだ。

風よりも早く移動できるという彼女は、ビッグサイズの猫に変化し、前にカガリさんがしたように私を背に乗せて飛んでくれた。まさに『疾風』といったスピードで、危うく体が千切れかけたことはこの際おいといて。

顰めっ面のクロエを押し退ける勢いで、私は枕もとに急いだ。

「シロエ！　シロエ、大丈夫⁉」

「…………結月ちゃん？」

白い睫毛が震えて、ゆっくりと瞼が持ち上がる。

まずはシロエの意識があることに、はあああ……と深い深い安堵の息を胸の底から吐き出す。

「よかった……マザリモノに襲われたって聞いて、容体すらわからなかったから不安で……」

「ご、ごめんね、心配かけちゃって。倒れたっていっても、ちょっと妖力を取られただけだから！　体が怠《だる》いだけで起き上がれないこともないんだよ」

「おいコラ、起きんな寝ていろ」

　無理に体を起こそうとするシロエを、クロエが片手で押し戻す。彼はサラサラの黒髪を苛立つように掻いた。

「倒れているシロエを最初に見つけたのはオレだ。ひとりで宿舎に向かう途中で、いきなり現れたマザリモノにやられたらしい。黒い靄の残滓《ざんし》もそこに漂っていた……クソ！　うちの宿のもんに手え出しやがって！　絶対に許さねえからな！」

　ぶわりと、クロエの尻尾の毛が逆立つ。

　こんな現状のわりに、いつもなにかと喧《かまびす》しい彼が落ち着いているなと違和感はあったが、ただ煮えたぎる怒りを抑えていただけらしい。もとより鋭い赤の瞳はギリギリとつり上がっている。

　でもその気持ちは私だって同じだ。これ以上の被害が出る前になんとかしたい。

「他に襲われたモノノケはいないんだよね？　宿のみんなや、お客様方は？」

「今のところはシロエだけだ。一ヶ所に長く留まらないようにしているんだろうな。だがまた宿のもんが襲われないとは限らねえし、この春の区域がすでに安全じゃない。しかもこんなときだっていうのに、主様は温泉郷内にすらいねえし！」

「え……カガリさん、どこかに出掛けているの？」

言われて私は、ここに来るまでにカガリさんの姿を見ていないことに気付く。てっきりマザリモノの件で、区域内を忙しく巡回でもしているのかと思っていたけど……どこに行っているのだろう？

「主様ならゴウカ老師のところだよ」

「ゴウカ老師って？」

おとなしく布団にもぐり直したシロエが、「主様の師匠にあたる妖狐！」と教えてくれる。

「主様が宿を始めるずっと前から、面倒を見てくれていたらしいよ。めちゃくちゃ長生きで妖力がとんでもなく強くて、おまけに博識なすごいモノノケなんだけど、癖だらけの変わり者なの。主様は急な用事があるって言って、三日前に老師のところに出掛けちゃったんだよね。五日は戻れないって」

イメージ的には仙人みたいな感じかな。カガリさんの師匠というだけでかなり気になるが、それよりも三日前なんてこれまたひどい擦れ違いだ。

つまりカガリさんはまだ、春の区域に迫る危機を知らないということか。

「なんとかマザリモノのことを伝えて呼び戻せないの……？　明後日には戻ってくるといっても、一日でも早い方が……」

「老師のとこじゃなきゃそうしたいのは山々なんだがな。あのクソジジイは住んでいる場所が特殊で、人間の世界の山奥にいるんだが、結界が張ってあって鳥居じゃ繋げないし辿り着く条件も難解だ。一介のモノノケじゃ近付けもしねえんだよ」

妖力で遠方から伝言を飛ばす術もあるにはあるけど、それすら跳ね返されるそうだ。クロエは老師が苦手らしく、「マジで喰えねえジジイだ……」と苦い顔で悪態をついている。

「勝手に休業にするわけにもいかねえし、主様が帰ってくるまでは、なにがあってもオレたちだけでこの宿を守らなきゃいけねえ。区域全体や客にも注意喚起はして、いくつか対策は考えてあっけど……ああ、バタついて抜けていたが、明日はツララ様がまたお前に会いに来るぞ、結月」

「こ、このタイミングで？」

ツララ様がいらっしゃるのは、実は初回を入れるとこれで四度目だ。すっかり常連と化した彼女は、ほいほいと頻繁に一泊二日の小旅行に来ている。

ただ、湯を凍らせる恐れはまだあるようで、この宿も以前よりお客が増えた今、主に貸し切り展望風呂『お花見の湯』を予約してのご宿泊である。彼女がいらっしゃるときは私には特別任務が与えられ、毎回一緒に湯に浸かっている。

それ自体は私も役得だし、ツララ様がまた来てくれるのは嬉しいけど……こんなときなので、彼女の安全もちゃんと考慮しないと。

あれこれ考えを巡らせていると、いきなりシロエが「あ、あのね！」と声を張り上げた。

「ツララ様には申し訳ありませんってお断りを入れて、結月ちゃんはしばらくこっちには来ない方がいいんじゃないかな！」

「こっちにはって……『オキツネの宿』に？」

「それもひっくるめて、その、このモノノケの世界自体に」

急にどうして？　と意図がわからず首を捻る。

こちらを見上げるシロエの瞳は、気遣わしげに揺れている。

「結月ちゃんがモノノケだったなら、マザリモノに襲われても対抗できるし、たとえ妖力を奪われても、回復できる程度なら簡単に死にはしないよ？　でも結月ちゃんは人間だもん。ここにいたら誰よりも危ないよ」

「シロエ……」

「もしものことがあれば、あたしたちより命の危険が高いんだから……マザリモノの件が片付くまでは、結月ちゃんはお休みを取った方がいいって」

ね？　と、シロエは布団から手を伸ばし、すがるように私のパーカーの裾をぎゅっと握った。自分だって襲われたばかりだというのに、優しい彼女は私の身を案じてくれているようだ。

裾を掴む手は弱々しくて胸が詰まる。気丈に振る舞っていても、妖力が足りずにつらいのだろう。

クロエは特になにも言わず、私とシロエのやり取りを静観している。どうするかはお前が決めろ、といったところか。

……確かに、マザリモノの存在は正直怖い。

だけど『オキツネの宿』のみんなが事件の渦中にいるのに、このままひとりだけ逃げるみたいなことは嫌だし、カガリさん不在でシロエが倒れた今、人間の小娘だろうと人手は必要だろう。

あと個人的に気になることも……あの白い靄のこともある。

心を決めて、私は「平気だよ」と笑い、シロエの手の上に自分の手を重ねた。

「人間じゃないものと関わった時点で、多少の危険は覚悟の上だし！　このくらいでビビっていたら、モノノケ宿の立て直しになんて協力できないでしょ？　なによりオキツネの宿』のことは私も大好きだから、こういうときこそ力になりたいんだ」

「結月ちゃん……でも！」

「平気、平気！　それにほら、きっとなにかあっても、そこのクロエが助けてくれるし！　たぶん！」

「はあ？」

いきなり名前を出されたクロエは、あからさまに顔を顰めたが、やがてふいっと視線を逸らして「仕方なくな」とだけ呟いた。

うん、この素直じゃなさ。それでこそクロエだ。

「ひとまずオレは見回りの強化からか。シロエの担当業務は、他の仲居たちに上手く分担させて……」

「え、なんで!?　あたしはもう動けるよ、夜までには仕事に戻れるってば！」

「ダメだ、番頭命令。お前は休養していろ」

「仲居頭特権で働かせてよ！」

「受け付けねえ」

「横暴！」

そんな白黒コンビのやり取りは、兄妹のように仲がよくて微笑ましい。ぎゃいぎゃいと騒ぐ様子を眺めながら、私はマザリモノと白い靄のことを考える。

「カガリさんがいなくても……がんばらないと」

誰にともなくそう告げて、きゅっと唇を小さく噛み締めた。


ポトリと、水滴が湯面を打つ。

火照《ほて》った頬をゆるやかに撫でる風は気持ちいい。

貸し切り展望風呂『お花見の湯』は、外に面した壁の一角が抜かれ、春の区域を一望できるようになっている。湯船はヒノキを用いた大きな樽の形をしており、ふたりで浸かればちょうどいいくらいだ。仄《ほの》かに鼻孔をくすぐる木の香りは、どこか懐かしさを感じて心を和ませた。

「……まあ！　今この温泉郷では、そんな大変な事態が起きていたのね」

湯を共にしながら、注意を促すためにもマザリモノの話をすれば、ツララ様は濡れた手を口元に当てて驚いた。

艶のある長い黒髪は結い上げられ、頬はほんのり朱色に染まっている。泣き黒子もあいまって、何度一緒に入浴してもツララ様の色気にはクラクラしてしまう。着ている湯帷子は私もおそろいのはずなのに、なんだろうこの差。

現在は日曜日の夕刻。

ご予約の時間ぴったりに、ご機嫌な足取りでツララ様は『オキツネの宿』に現れた。

四度目ともなるとこちらの対応も慣れたものだ。

そして来て早々、これまた慣れたいつも通りの流れで、私に直々のご指名が入ったわけである。

「その襲われた子というのは大丈夫なの？　あの白い妖狐の仲居さんなんでしょう？」

「本人は大丈夫だって主張しているんですけど、念のため大事を取って今日も休んでいますね……」

「それがいいわ。なんといってもマザリモノにやられたんですもの。あれは本当に危険な存在よね」

なにやら詳しそうな口振りに、私は窺うように「ツララ様はマザリモノと会ったことがあるんですか？」と尋ねてみる。

「大昔に一度だけね。危機一髪だったけれど、凍らせて逃げたの」

「つ、強いですね」

「まだ他者の妖力を奪う前の小さな靄だったのよ。そのマザリモノは後々、別のもっと力のあるモノノケが退治してくれたみたいだけど」

「退治……」

やっぱり、マザリモノは消されてしまうんだ。

私が橋のところで見た、ツヅキチさんの報告にもあった白い靄がマザリモノだったとしたら、きっと同じように……いやでも、まだそうとは決まっていないし、そもそもあれが私の友達だった靄なのかも不明だから……。

「……結月さん？　そんなにうつむいて考え事に熱中していたら、のぼせてしまうわよ？　あなたまで倒れたらいけないわ」

「えっ！　あ、す、すみません！」

　思考の迷路にハマり過ぎていたみたいだ。ツララ様に顔を覗き込まれ、ハッとして現実に引き戻される。

　ツララ様は「……なにかあなたなりの事情があるのね」と、私の肩にそっと手を置いた。普段は雪女らしい冷たさを持つ彼女の指先は、湯に浸かっているときだとちょうどいい体温を与えてくれる。

「その事情は、あの九尾のご当主にも打ち明けていないの？」

「カガリさんには伝えるべきだったんですけど、言いそびれてしまっていて……」

「私も深くは聞かないわ。でもね、これだけは伝えておくわね。あなたはあなたが思うように行動すればいいのよ？　私のときにそうしてくれたように」

　湯けむりを纏わせて、ツララ様はやわらかく微笑む。

「あなたが行動してくれたから、私はもう一度入りたいと願っていた湯に入れたの。とても感謝している。だからどうか、いつだって自分を信じて動いてちょうだい」

「ツララ様……」

その言葉に、胸の内が軽くなるのがわかった。

己のしてきたことを改めて肯定されて、なんだか救われた気分だ。ツララ様は雪女なのに、くれる言葉はほかほかとあったかい。そうだよね、私ができることって、思うままに信じて行動することくらいだよね。

「ありがとうございます、ツララ様。なんだかちょっとすっきりしました」

「ふふっ、それならよかったわ。せっかく友人とこうして湯に浸かっているのだもの、もっと楽しい話もしましょうよ。たとえばそうね、今夜の夕食はなにかしら？　ここの宿はご飯もとても美味しいから、来る度に期待してしまうの」

私を『友人』と称してくれたことに照れ臭さを覚えながら、「今夜のメインはノドグロの塩焼きですよ」と答える。

私の地元は魚が美味しいことでも知られているが、中でも高級魚と名高いノドグロ料理は外せない。クセのない旨みたっぷりのノドグロを、丁寧に塩焼きにすることで、ふっくらした身からじゅわっと脂が滴る。それを湯上がりにまったりくつろぎながら、惜しみなく味わうのがなんとも贅沢だ。

大袈裟に湯を波打たせて「楽しみだわ」と喜ぶツツララ様に、落ち気味だった気分がどんどん上を向く。

自分でも気付かないうちに、私自身もマザリモノのことで少し滅入っていたらしい。気を遣って明るい話題を提供してくれたツララ様に感謝する。雪女と友達なんて、ミナが知ったら驚くだろうな。

「最初にこちらの宿で食べた治部煮も美味しかったのよね。お造りもどれもとろけるようで……。加賀は食材もとても豊富よね」

「海と山に囲まれていますから……ツララ様って意外と食いしん坊ですよね」

そう指摘すると、「そ、そんなことはないと思うのだけど……」と、わかりやすく恥ずかしがるツララ様がちょっと可愛い。

そんな温泉に浸かりながらの他愛のないやりとりは、本当にのぼせてしまうほど続いたのだった。


『お花見の湯』から上がって、ツララ様をお部屋にご案内した後、私は玄関を目指して二階の廊下を歩いていた。

ツララ様は今頃、楽しみにしていたノドグロの塩焼きに舌鼓を打っているところだろう。食事中の話し相手にも誘われたが、そこは丁重に辞退した。残念だが明日は学校があるので、私はそろそろ人間の世界に戻らないといけない。

今宵の勤務はここまで。玄関を出たら宿舎に向かい、今借りている仲居さん用の着物から私服に着替えるつもりだ。

「だから本当に見たんだって！」

……しかし、進行方向の廊下のど真ん中で、なにやら揉めているお客様方がいた。

見た目は年若い男性が三人。

上手く化けているが、その正体は連泊中の鎌鼬《かまいたち》の三兄弟だ。驚いたり気を抜いたりすると、両手が鎌のごとき大きな爪に変わるのはちょっと怖いが、基本的に気のいい仲良し兄弟なんだけど……。

「どうせサンゾウが、湯けむりあたりを見間違えたんだろう」

「そうそう。そう騒ぐもんでもないよな」

「イチゾウ兄さんもニゾウ兄さんも真面目に聞いてよ！　あれは湯けむりなんかじゃない、噂のマザリモノだって！　白い靄の塊がうろうろしていたんだよ！」

マザリモノ？　白い靄？

まさかの単語に、私はビクッとして足を止める。

「だいたいマザリモノは、目撃したみんなが黒い靄だって言っているだろう？　湯けむりじゃないとしても、サンゾウが見たものは別のなにかで……」

「あ、あの！　お話し中に申し訳ありません！　その白い靄というのはどちらで見たんですか!?」

失礼は承知でなりふり構わず割り込んだ。まったく取り合わない兄たちに、ムキになっていた三男のサンゾウ様は、驚きながらも「あ、赤い看板の土産物店のところだよ」と答えてくれる。

その土産物店なら、茶毛の妖狐のご夫婦がやっているところだ。『オキツネの宿』の正面玄関から出て、真っ直ぐに行けばすぐそこにある。

「ついさっき見たばかりだから、まだいるかも……」

「ありがとうございます！」

ポニーテールを翻し、一目散に駆け出す。

走れば間に合うかもしれないから全速力だ。今夜はお客様が少ないとはいえ、いまだけはお見苦しい姿を晒しても許してほしい。

「ど、どうかされたんですか、結月さま!?」

「ごめん、急用！　土産物店のとこに向かったってクロエに伝えて！」

玄関を出るところで仲居さんに遭遇したので、一応伝言は頼んでおく。

外は小雨が降っていた。雨に関しては人間の世界と連動せず、春の区域では月に決まった日だけに降る。桜を散らすほど強くはなく、当たっても冷たくもない、無音で落ちる銀糸のような不思議な雨だ。

この雨、一種の名物でもあるらしいのだが……それを身に受けてただただ走る。ついでにいくら浴びても濡れないので、着物は今のところ無事だ。

「着いた！」

桜並木の間にポツンと立つ、小屋のような古めかしい土産物店の前まで来る。屋根には褪せた赤い横長の看板が載り、本日は休業日らしく店自体が閉まっていた。

このあたりは他に食事処が一件あるくらいで、宿の従業員以外の妖狐たちが普通に暮らす生活圏は、もう少し先に行ったところだ。

辺りをきょろきょろと見回すが、白い靄らしき姿はない。もう去ってしまった後か……無駄足だったみたいだ。

「……戻ろうかな」

肩を落とし、仕方なく来た道を引き返そうとしたときだった。

「っ！」

――ズシリと、一気に空気が重くなる。

その押し潰されるような圧迫感に、束の間呼吸が止まった。

「な、なに……きゃっ！」

土産物店の陰から、のっそりとなにかが現れる。

出てきたのは『白』ではなく『黒』。

私の体より一回りも二回りも大きいそれは、辛うじて手らしき部分があるだけで、まさしく黒々しい靄の集合体だった。

一目で悟る――コイツが温泉郷の各区を荒し回り、シロエを襲ったマザリモノだ。うぞうぞと蠢くマザリモノは、獲物を狙い定めたようで、こちらめがけて這うように向かってくる。巨大な図体のわりには俊敏な動きだ。全身にぶわりと鳥肌が立って、脳内に警鐘が鳴り響く。

逃げなくちゃ……！

「あっ！」

だけど踏み出した足はもつれて、私はその場で無様に転倒した。

手足が擦りむけて血が滲む。力を入れて立とうとしても、足首を捻ったのかうまく動かせない。

「いたっ……」

焦れば焦るほど痛みが増すだけだ。

おまけに転んだ拍子に飾り紐が切れたようで、結っていた髪は散らばり、肌にくっついてきて煩わしかった。

もうすぐそこまでマザリモノは迫ってきている。体内に取り込んで妖力を奪うようで、ヤツは私を呑み込もうとしているみたいだ。はなから妖力のない私が呑まれたら、それこそシロエが危惧していたようにどうなるかわからない。

……『助けて』と、恐怖に染まる頭で真っ先に救いを求めた相手は、カガリさんだ。だけど彼は今、温泉郷を離れて遠くに行ってしまっている。伝言を聞いたクロエが来てくれないかとも期待したが、クロエはクロエで、シロエのいない穴を埋めるために宿内を奔走しているんだったっけ。今さらながら、後先考えず宿を飛び出してきたことを後悔する。

背中を伝う冷や汗。強まる圧。

いよいよ黒い手が私に伸ばされたところで、ぎゅっと目を閉じた。

瞼の裏に浮かんだのは、いつかの情景で――。

『ねえ、それなら約束だからね？　また私になにかあったときは、あなたが必ず助けに来て。私も、あなたを必ず助けるから』

「――え」

ふわっと、なにかに包まれている感覚がした。

それは優しくて、温かくて。予想外のことにおそるおそる目を開くと、輪郭のぼんやりとした白い靄が、庇うように覆い被さっていることに気付いた。

私はこの靄のことを知っている。

こんな状況なのに込み上げてくるのは、たまらない懐かしさだ。

「あなた……私の友達だった、あの靄よね？　どこかにいなくなってしまった、あの……。まさか私を助けに来てくれたの……？」

幼い頃の約束を守って？

そう尋ねると、白い靄が微かにコクリと頷くものだから、私は無性に泣きたくなってしまった。

あなたの正体は一体なんなのか。

今までどこに行っていたのか。

どうしてこんなところにいるのか。

尋ねたいことは山ほどあったし、単純に再会を喜びたい気持ちもあった。だけど感傷に浸る間もなく、白い靄の後ろでマザリモノが地響きのような唸り声をあげる。

マザリモノは白い靄ごと、私を丸呑みにしようとしていた。

白い靄の体は私を覆えるくらいには大きいものの、マザリモノに比べればはるかにちっぽけだ。白い靄の正体はいまだ不明だけど、モノノケだとしてもきっと妖力はそんなに強くない。

この子がマザリモノに取り込まれたら、きっと存在ごと消えてしまう。

せっかくまた会えたのに。そんなのは嫌だ。

「ど、どいて！　私は大丈夫だから！」

私は痛む全身にむち打って、白い靄の囲いから抜け出そうともがいた。こうなったらせめて私がマザリモノを引き付けて、白い靄だけでも逃がそうと考えて。捻った足でも死ぬ気で動かして逃げれば、誰かに見つけてもらえるかもしれない。

そんな決死の覚悟を固めていたのだが……。

「あ、あれ……？」

ピタリと、急にマザリモノの動きが止まった。白い靄がいまだ私に被さっているため、視界は狭められているが、完全に静止しているように見える。

次いでポツポツと、降り注ぐ雨の中に無数の火が灯りだす。

宙に浮く火の玉は穏やかに揺らめいている。

これは狐火……だよね？

「――ふう、どうにか間に合いましたね」

黄金色の長い髪が、桜の花弁を連れてふわりと舞う。私と白い靄の傍に立つひとつの影。

九本の尻尾を遊ばせながら、注がれた春の陽光のような眼差しに、安堵感が一気に全身を巡るのがわかった。

「カガリさん……！」

「遅くなって申し訳ありません、結月さん。怖い想いをさせてしまいましたね」

「なんで……どうして来てくれたんですか……？」

マザリモノの動きを封じたのは、おそらく音もなく現れたカガリさんなのだろうが、そもそもなぜ彼がここにいるのか。ゴウカ老師とやらとの用事はもう済んだのだろうか。

私の疑問に対し、カガリさんは「僕が来たのは飾り紐に呼ばれたからですよ」と、不可解な答えを寄越す。

「お伝えし忘れていましたが、結月さんに贈ったあの水引の飾り紐には、ちょっとした仕掛けを施してありまして。魔除けの力でも防ぎ切れない危機が持ち主に迫ると、紐が切れて僕に報せが来るようになっていたんです」

「あ、あの紐にそんな……？」

今は地面に無造作に転がっているが、鳥居を呼ぶための道具としてやお守り的な役割の他にも、そんな防犯システムも兼ね備えていたなんて。

「通常なら紐が切れた時点で、持ち主の居場所も把握できるようにしておいたのですが……。僕の居た場所の方がいささか特殊だったため、結月さんの居所が掴めず、一度宿に向かったんです。するとちょうど、クロエが結月さんを捜しに行くところでした」

「クロエが……」

伝言、聞いてくれたんだ。

「彼も直《じき》にこちらに着きますよ。ともに帰って早く結月さんの手当てをしましょう。……ただその前に」

スッと、カガリさんの目線が移り、彼はゆっくりとした足取りでマザリモノに歩み寄った。そして戸惑いもなく、その黒々とした塊に手を添える。

「カ、カガリさん、危なくないんですか!?」

「ええ」

またいつ暴れ出すかと冷や冷やする私に反して、カガリさんの態度は落ち着いたものだ。黒い靄に手を触れたまま、その琥珀色の瞳には悲哀と慈愛が溶けあった感情さえ宿している。

「マザリモノになり、自我を失って久しいのでしょう。この温泉郷以外でも多くのモノノケを襲ったようですね。ここまで堕ちてしまえば、見過ごすわけにはいきませんが……」

カガリさんは「せめて最期は安らかに」と、そっと静かに瞼を伏せた。

ゆらりとたくさんの狐火がカガリさんの周りに集まり、淡い輝きがマザリモノを包み込む。黒い塊は輪郭がホロホロと崩れていき、浄化されたように光の泡になって空中に消えていく。その光景は儚くも幻想的で美しかった。

あんなに恐ろしかったのに、マザリモノの最期は呆気ないものだ。

完全に消滅する間際、やっと解放されたと言わんばかりに、どこか安心して笑ったように感じたのは、私の気のせいだろうか。

「これでもう……終わり、ですか？」

「はい。温泉郷を騒がせていた脅威には片を付けました。ゴウカ老師の力をお借りできたおかげです……僕ひとりの力では、もっと苦戦していたでしょう」

最後は独り言のように呟いて、カガリさんは乱れた羽織を直しながらこちらに向き直る。そこでようやく、白い靄はそろそろと私から離れてくれた。

カガリさんの目が白い靄を捉えた瞬間、私は足の痛みを我慢して立ち上がっていた。

「あ、あの！　待ってください！　この靄は……この子は、私の友達なんです！　マザリモノじゃありません！」

今度は私が白い靄を庇うように、カガリさんの前に立ちはだかる。

正確には白い靄の正体なんてわからないので、本当はマザリモノなのかもしれないが、光の泡になって消滅した先ほどの黒い靄とは、この子は絶対に違う。

黒じゃなくて白だし、嫌な気配だってしないし。なにより幼い日の約束なんかを信じて、私を守ろうとしてくれた。

それなら私だって信じなきゃ。

「この子はきっと誰も襲っていません。だからお願いです、消さないであげてください」

頭を垂れて懇願する。とにかく白い靄を生かすために必死だった。

やや間をあけて、頭上でフッと、カガリさんが吐息をもらすように笑みをこぼしたのがわかった。顔を上げれば、彼はいつもと変わらず、陽だまりを思わせるやわらかな瞳をしている。

「消すなんてことはしませんよ。そちらの白い靄が誰も襲っていないことは、僕が誰よりも知っていますから」

「それは、どういう……」

「詳しい話は後で。まずは宿に帰りましょう」

ぽんぽんと、労りを込めて頭を撫でられ、私の体から風船がしぼむみたいに力が抜けていく。

もうマザリモノはいないのだと、白い靄は消されないのだと改めて理解して、張っていた神経がいとも簡単に緩む。

「あっ……！」

「おっと」

遅れて足先から激痛が走り、耐え切れず倒れ込む私をカガリさんが支えてくれた。彼の纏う着物からは仄かな桜の香りがして、優しく鼻孔を満たす。触れる体温は温かくて、急激に眠気がやってきた。

背後に感じるのは、目なんてないはずの白い靄からの視線。私は落ちかけている意識をギリギリ保たせて、なんとか「もうだいじょうぶだよ」と口の動きだけで伝えた。

「主様！　結月！　大丈夫か!?」

今しがた到着したのだろう、こちらに駆け寄ってきているらしいクロエの切羽詰まった声が、どこか遠くで聞こえる。

それを耳にしたのを最後に、私はカガリさんの腕の中でゆるやかに意識を飛ばした。

パチッと目を覚まして、自分がどこにいるのかはすぐに把握できた。

最初にクロエに攫われてこの温泉郷に来たときに寝かされていた、最上階の『しだれ桜の間』だ。私を運び込める空き部屋がまたしてもここしかなかったのか。布団に寝転がって仰ぐ天井は、あの頃よりは幾分か修復されていて「綺麗になったなあ」とぼんやり思った。

「ああ、結月ちゃんが起きた！　起きたよ、クロエー！」

「そりゃ緊張が切れて寝ていただけなんだから起きるだろ……よう、結月。体は平気か？」

クロエとシロエが、左右から私の顔を覗き込んでくる。

体を起こしてみれば、転んだときに擦りむいた膝も、捻った足首もまったく痛くなくて、あれっ？　と拍子抜けしてしまう。

「ツヅキチのところからいただいた『河童の妙薬』が効いたようですね。さすが貴重な薬なだけはあります」

窓の傍に佇むカガリさんが、私の様子を見て目元を緩めた。

人間にも効く万能薬である『河童の妙薬』とやらのおかげで、私の怪我は知らぬ間に完治していたらしい。

なんでも河童界の重鎮が『湯湧院ポンポン』のお得意様らしく、ツヅキチさんはその関係でいくつか薬を所持していて、カガリさんはそれらを分けてもらったのだとか。

ツヅキチさんいわく「マメタの借りは返したぞ」とのことだ。

また夏の区域を含め、カガリさんがマザリモノを退治したことは、他の区域の代表にもきっちり伝達済みらしいが……。

「『猫庵』の化け猫は『やるじゃん、カガリ！　今度また祝勝会しなくちゃねー！』

と軽いノリだったな……もっと主様を讃えろってんだ」

「被害のなかった『川胡荘』の女将さんなんか、『ようやく片付いたのかい、今回ばかりは労《ねぎら》ってあげるよ』って謎の上から目線だったよ」

クロエとシロエから聞かされた代表たちのコメントは、いかにもマオさんとミズミさんが言いそうなふてぶてしいものだった。

ははっと、つい気が抜けた笑いがもれる。

「でもでも！　とにかく結月ちゃんが無事でよかったー！」

「心配してくれてありがとうね、シロエ。シロエの方はもう大丈夫なの？」

「うん！　マザリモノを主様がやっつけてくれたおかげか、奪われた妖力が多少だけど戻ってきたの。もうピンピンしているよ！」

白い尻尾をふりふりするシロエは本当に回復したようで、これで一件落着……といきたいところだが、私にはまだ気がかりなことが残っていた。

チラリと視線で窺えば、カガリさんは微笑みひとつで受けてくれる。

「……結月さんの無事を確認したところで、折り入って話をしたいことがいくつかあります。クロエとシロエは席を外してもらえますか？」

「わかった、オレはとっとと業務に戻る。じゃあな、結月。今日はお疲れさん」

「あたしも仲居の仕事に復帰するよ、もうバリバリ動けるし！　結月ちゃんは無理しないでね！」

　私に一声かけてくれてから、二人は速やかに退席した。残されたカガリさんとふたりきりになると、あの月見酒をした夜と重ねてしまう。

　変に回りくどいことはせず、布団の上で居住まいを正して率直に切り込む。

「……私の友達の白い靄は、今どこにいるんですか？　なによりあれはなんなのか、カガリさんは知っているふうでしたよね。ぜんぶ教えてください」

「現在はひとまず、事情を知らぬ者に見つかって混乱を招かないよう、宿舎の一室で大人しくしてもらっています。手荒な扱いはしていないのでご安心ください。……そしてあれの正体ですが、一言で表すなら『マザリモノ未満』とでも言いましょうか」

「未満……？」

「話せば長くなりますが、順を追って話しましょう」

　カガリさんが言うには、あの白い靄はもとは人間の世界に住む一介のモノノケだった。もとより妖力が弱く、マザリモノに堕ちようにも周囲から妖力を奪うことすらできず、今にも死に行くだけの存在だったらしい。

　だがそこでたまたま遭遇した、とある強い力を持ったモノノケが、弱ったそれに気紛れで自分の妖力を与えたのだという。

「その妖力を与えた強いモノノケこそが、まあ……僕の師匠であるゴウカ老師なわけですが」

「へっ!?」

「そんな試みは、長い生を過ごすモノノケの間でもかなり稀有なことです。僕の師匠はそういったとんでもないことを、遊び感覚で気軽にしでかす御方でして……」

まさか白い靄の話に、カガリさんの師匠が絡んでくるとは思いもしなかった。

だけどその話が本当なら、老師は白い靄の命の恩人ってことにもなるよね……マオさん以上に自由奔放な性格をしているみたいだけど、そこは私も感謝しなくては。

「そしてあの通り、自我をギリギリ残したまま、白い靄の姿で延命に成功したわけです。ですがそれは暫定的なもの。いずれ与えられた妖力が枯渇したら、マザリモノになる恐れは十分にあります」

「なるほど……だから状態的に『マザリモノ未満』なんですね」

「ええ。白い靄が完全に元のモノノケの姿に戻るには、よりたくさんの妖力を与えて存在を安定させる必要があります。師匠はまたそこで気紛れを発揮し、とある条件を靄に提示しました」

その条件とは、自我を保ち続けたまま、決して人もモノノケも襲わないこと。それを守れたとこちらが判断したら、自分の力でなんとかしてやる、と。

カガリさんはそこで「ふう」とため息を吐く。

「ただその『なんとかする』といった本人は、早々に弟子である僕に丸投げしていきまして……僕は当時、人間の世界で温泉宿巡りをしている最中だったのですが、強制的に白い靄の監視とお守り役を命じられたのです」

これにはさすがのカガリさんも困惑したらしいが、悩んだ末に彼はしばらく、白い靄を自分の妖力でどうにか隠して、温泉宿巡りに付き添わせていたそうだ。想像するとかなりシュールなふたり旅である。

「そんな中、この加賀の地に戻ってきて、立ち寄った宿のひとつが結月さんのご実家である『月結いの宿』です。……そこで白い靄は、あなたと出会った」

真っ直ぐにカガリさんがこちらを見据えてきて、そういうことかと納得する。

ここで私と白い靄の出会いに繋がるわけか。

「だけどなんで私には白い靄が見えたんでしょう？　普通なら見えないいんじゃ……？」

「稀にですが、波長の合う人間には見えてしまうことがあるんですよ。話せない靄とも、幼い結月さんは楽しそうに意思疎通をされているご様子でしたし、あなたとあの靄はよほど相性がよかったのでしょう」

「相性、ですか」

そんなふうに言われると単純にくすぐったくて、私は掛け布団を握って口元を小さく綻ばせる。モノノケ相手だろうと、『友達』と相性がいいと称されるのは嬉しいものだ。言葉がなくても通じ合えてたもんね。

ん？　でも、待って、あれ？

それをカガリさんが知っているということは……？

「カガリさん……私と靄が交流しているところを見ていたんですか⁉」

「結果的に覗き見したことになりますが、そうですね。あなたと靄が交流している期間、僕は『月結いの宿』をいたく気に入ってしまって、何度も姿を変えて泊まりにいっていたんですよ」

黙っていて申し訳ありませんと、狐耳を向けて潔く頭を下げられる。考えてみれば、彼は白い靄の監視も担っていたのだから、常に私たちの傍にいたのは当たり前だ。

つまりは幼い頃のあれとかそれとかも、全部カガリさんに見られて……ダメだ恥ずかし過ぎる！

私は布団の中で悶絶した。今さら暴露されるなんてどんな仕打ちだ。

「大丈夫、小さな結月さんもお可愛らしかったですよ」

「なんのフォローにもなっていませんからね、カガリさん……！」

いまだ悶える私を余所に、にこにことしていたカガリさんだったが、一転して「それに」と表情を引き締めた。

「……人間である結月さんとあそこまで接触して、襲う片鱗もなかったことで、あの白い靄は条件を守れたと判断できました」

その言葉にパッと顔を上げる。

「じゃ、じゃあ！　あの靄はもとのモノノケの姿に戻してもらえるんですかっ？　あ、でも、あれから数年経つのに、まだあのままってことは……」

「師匠はそのことも僕に一任しましてね……ですが当時の僕には、白い靄をもとに戻せるほどの妖力がなかったのですよ。この宿を維持するために費やしていたので」

その頃の『オキツネの宿』が衰退期の真っただ中なら、確かにカガリさんの負担は大きい。

彼が人間の世界で温泉宿巡りをしていた背景には、自分の宿の立て直しに役立ちそうなことを、自ら調査する意図もあったみたいだ。

「さらに付け加えると、ちょっとした事件も起きましてて」

「事件……？」

「あなたと白い靄が、離れるきっかけになった出来事ですよ」

「あ……」

——それは、丸々失われてしまった記憶。

幼い私がなにかを靄に提案したことだけは覚えていて、提案内容もその後のことも一切わからない。ただきっとそれが原因で、靄は私の前から姿を消してしまったのだと思っていた。

長らく気掛かりだったそれを、カガリさんはあっさりと明かす。

「結月さんが靄に提案したのは、『温泉に入ってみないか』ということでした。ちょうど『月結いの宿』には客が人間に化けた僕しかおらず、幼いあなたはこっそりと、靄に温泉の心地よさを味わわせてあげたくなったのでしょう」

『今日はあなたに言いたいことがあったの。あのね、よかったら――うちの宿の温泉に入ってみない？』

そんな遠い昔の自分の声が、眠っていた記憶の奥から聞こえた。

そうだ、私はそう言って白い靄を誘ったのだ。竹垣の向こうに回って、戸惑う靄をなんとか裏戸からうちの中に引き入れようとして……。

「……結月さんは、白い靄の妖力に当てられて倒れてしまったんです。クロエが最初にあなたを連れてきたとき、妖力を含む湯けむりで気を失ったのと同じように。家の囲いというのは一種の結界でして、そこから出て白い靄に触れたことが原因かと。僕が目を離した隙の出来事でした」

「そんな……」

取り乱す白い靄をカガリさんはどうにか宥め、倒れた私を密かに部屋に運んだ後、靄を連れてモノノケ温泉郷に帰ったらしい。私は妖力に当たった影響で記憶が飛び、そのことはすべてあやふやになった。

白い靄の方は、実は私が気付かなかっただけで、春の区域の宿からは離れた場所でずっとカガリさんが匿っていたとか。だけど本物のマザリモノが現れ、モノノケ温泉郷にいる私が心配で単独行動をして……今に至る、というわけだ。

「本来なら、宿の再興に成功して僕の力がある程度回復したら、白い靄をもとのモノノケに戻して、それから結月さんに会わせて差し上げる予定でした。それがマザリモノの事件が起こり……ですがようやく、用意は整いましたよ」

「そ、それじゃあもしかして」

「はい。今からあの白い靄を、もとのモノノケの姿にいたします」

「本当ですか!?」

ガバッと布団から起き上がって、私は興奮のままカガリさんに詰め寄る。

白い靄の本当の姿、どんなモノノケなのかとても気になる。一刻も早く戻してあげて欲しかった。

「そ、その場に、私は立ち会えますか？　あの白い靄にちゃんと会いたいです！」

「もちろん、結月さんにはもとより立ち会ってもらうつもりでした。それに、戻すための方法は……」

カガリさんは悪戯っぽく、人差し指を唇に当てる。

「幼いあなたが『友達』に、してあげようとしたことですよ」


場所を移すことになり、カガリさんの後ろに続いて宿の廊下を歩く。その途中、丸窓から広がる外の景色を見て、私はようやく外が真っ暗なことに気付いた。

軽く青ざめる。

「ヤ、ヤバい……」

「どうしました？　結月さん」

「私、どのくらい眠っていたんでしょう……もう夜ですよね？　お母さんに遅くなることとか一切言っていないので……」

うちの家は特段門限が厳しいわけではないけれど、さすがに深夜枠での帰宅は怒られる。明日は学校もあるのに。

「何時やと思っとるげんて？」と仁王立ちするお母さんを想像して震える私に、カガリさんは「ああ」とのんびり返事をする。

「大丈夫ですよ、結月さんが倒れた時点で、お母様にはそれらしい理由をつけて連絡をしましたので」

「それなら安心……じゃないんですが！」

本日何度目かもわからないカミングアウトに、私は思わず立ち止まる。

振り向いたカガリさんは平然とした顔をしているが、さっきの発言は聞き逃せない。

「カガリさん、うちの母と連絡取っているんですか!?」

「おや、言っていませんでしたか？　クロエが結月さんを攫ってきた時点で、僕が人間に化けてお母様のところにご挨拶に伺っていたんですよ。結月さんの返答次第でしたが、うちで働く許可も事前にお母様からいただきました。結月さんが湯けむりによって気を失っている間ですね」

「は、初耳です！」

いや本当に！　なにそれ知らない！

「そのときに連絡先も交換しまして。人間界に住む知り合いの妖狐を通して、『めーる』なども送れるんです。急ぎではない場合は、たまに手紙で近況も報告していて……まず未成年を働かせるのに、親御さんの同意なしというわけにはいかないでしょう？」

「……変なとこ人間のルールを守りますよね、カガリさん」

モノノケの職場なのにクリーン過ぎてびっくりだ。

だからお母さん、バイト先のことを私にあんまり聞いてこなかったんだ……雇い主から直接報告が行っていたならそりゃそうだよね。たまにカガリさんの書斎にあった書きかけの手紙は、まさかうちのお母さん宛だったのだろうか。

もとより人間臭くて物腰やわらかなカガリさんのことだから、不都合なところは上手く誤魔化した上で、お母さんの懐にすんなりと入り込んだに違いない。

娘は親公認だったなんてこと、今の今まで知らなかったけど！

「もうなんか……今日は一辺にいろんなことが起きすぎて疲れました……明かされる新事実も多いし……」

「おやおや。ですがまだ、大切なことが残っていますよ」

歩みを再開して、着いた先の戸をカガリさんがガラッと開ける。外の空気と混じって香る、温泉の匂い。ここは『オキツネの宿』の目玉のひとつでもある、混浴露天風呂『爛漫の湯』だ。

入り口には『清掃中』の札で立ち入りが制限されていて、中には所在なさげに佇む白い靄がいた。

「こんなとこに……！」

岩造りの縁にいる靄に、足を滑らせないように気を付けて駆け寄る。すると靄はどこか嬉しそうに私を迎えてくれた。

うん、やっぱり私には、この子の感情がなんとなくわかるんだよね。カガリさんいわく相性がいいから。

「早速ですが……もう始めてしまいましょうか」

傍にきてしゃがみ込んだカガリさんは、そっと湯に長い指先を浸ける。

暗闇の中、宙に浮く狐火に照らされた湯は、普段は透明なのだが、このときばかりはうっすらと琥珀色に輝いていた。まるでカガリさんの瞳の色のように。

実はこの温泉には今、九尾の妖狐であるカガリさんの妖力がたっぷりと含まれている。湯守のシャコ爺様と結託して作り上げた、一夜限りの『妖力風呂』だそうだ。ここに白い靄を浸からせることで、靄に妖力が浸透し、もとのモノノケの姿に戻れるのだとか。

「うん、湯加減も妖力の具合も最適ですね。では結月さん、その靄を湯に浸からせてあげてください」

「は、はい」

とはいっても、ツララ様相手のように、人間の私が妖力風呂に一緒に入るわけにはいかない。私ができることは靄の手だとわかる箇所を握って、湯まで導いてやることだけだ。

まだ記憶はおぼろげだけど……うちの温泉に浸かってみないかと靄を誘った、あの子供のときみたいに。

「……私ね、あなたにもう一度会えたら、こうして手を取って『友達になってくれてありがとう』って、ずっと伝えたかったの」

それは私のちょっと特別な友達へ、どうしても言っておきたかったことだった。唐突な別れを経験したから、再会できたら余計に言わなくちゃって思っていた。

誰にも明かしたことのない、胸に秘めた願い事。

それが今、叶えられた。

約束通り私を守ろうとしてくれたことも含めて、再度「ありがとう」と囁けば、靄は照れているのかあたふたしていた。

「このままゆっくり温泉に入って。大丈夫、怖くないから」

白い靄の塊が、湯けむりに混じるように琥珀色の湯に沈む。私まで緊張しながら様子を見守っていたら、空気が抜けていくように靄の体はどんどん縮んでいった。束の間見えなくなる。

——やがて湯にぷかりと浮かび上がってきたのは、一匹の子ネズミだ。

「これが……この子の本来の姿？」

おそるおそる両手で掬い上げる。

ネズミはくうくうと喉を上下させて眠っていた。

大きさはちょうど私の両手に収まるくらいで、重さはあまりない。体毛は白いけど尻尾が真っ赤で、先端に火の玉が灯っている。触れても熱くはない奇妙な火だ。

「ふむ、これは『火鼠』の子供ですね」

「ひねずみ……？」

「炎の中に棲むと言われているネズミのモノノケですよ。名の通り火に強いのです。人間の成体だともっと重量のある大ネズミになりますが、この子はまだ子供ですね。人間の古典文学にも、業火に焼かれても燃えない『火鼠の皮衣』というのが登場していたでしょう」

「ああ、『竹取物語』の！」

かぐや姫が結婚の条件として、求婚してきた相手に持ってくるように出した難題の一つだよね。それは大人になったこの子の毛皮のことなのか。

寝息を立てる小さな頭を、私は人差し指でくりくりと撫でる。お初にお目にかかる友達のあるべき姿は、存外可愛らしくて、気持ちがほわっと和んでしまうな。

「……貴重な妖力を使って、この子を戻してくれてありがとうございます、カガリさん」

礼を述べれば、クスッと笑われる。

「こうして白い靄をもとに戻せたのも、結月さんのおかげで宿が立ち直り、僕の妖力が回復したからですよ。結月さんは己の友達を己の力で救ったのです。宿の再興の方は……まだまだ道半ばですが」

「ですね。まだまだがんばります！」

『オキツネの宿』をもっと盛り上げて、うちの『月結いの宿』だって早くお母さんに認められて私が守りたい。

　そう何度目かの気合いを入れていると、「ああ、そうです」とカガリさんがなにかを思いついたように手を打った。

「その子に名前をつけて差し上げたらどうですか？」

「名前、ですか？」

「人間にとってもそうであるように、僕たちモノノケにとっても名は『個』を守る大切なものです。特にこの火鼠はマザリモノ未満だったため、『個』が曖昧になって、おそらく以前の名前を忘れてしまっています。存在を確かなものにするためにも、結月さんがなにか名前をつけてあげてください」

　突拍子もない提案だったが、その行いにはちゃんとした意味があるらしい。

　ジッと、私は眠る子ネズミを見つめる。するとややあって、パチリと円《つぶ》らな瞳が開いた。

　その目は真ん丸な金色で、いつかカガリさんと見上げた見事な満月を思わせる。

　私の名前にも『月』が入っているし……そうだ。

「……ツキミでどうかな？　あなたの名前」

お月見の、ツキミ。

ほぼ直感で口に出していたので、後から適当すぎたかと不安になったが、子ネズミ……ツキミは気に入ってくれたらしい。トトトッと私の腕を駆け上がって肩に乗ると、スリスリと体を頬に擦り付けてきた。

カガリさんも「いい名前ですね」と微笑んでくれている。

「改めてこれからよろしくね、ツキミ」

答えるように、炎の尻尾がゆらりと揺らめく。それに合わせて琥珀色の湯も、ただ静かに淡い光をキラキラと放ち続けていた。

エピローグ

マザリモノのことが片付いてから、なんやかんやと一週間が経過した。

本格的な冬入りが近付いてきて、雪の多い土地柄らしく、周囲は着々と冬支度を始めている。

平日の真ん中、授業終了後の放課後。教室でミナに手を振って、私は足早に学校を出た。路地裏に隠れて、いつものように水引の飾り紐で髪を一括りにする。紐は一度切れてしまったが、カガリさんがまたすぐに同じものをくれたのだ。もはやこれは手元にない方が落ち着かない。

「あれ？　誰かから連絡？」

さて鳥居を呼び出すかといったところで、制服の上着に入れたスマホがブルブルと振動した。

取り出して確認すればお母さんからのメールで、内容は朔太郎叔父さんに贈るプレゼントはどうする？　というもの。

なんでも、以前ロケハンに私も同行した兼六園での仕事のついでに叔父さんが撮った風景写真が、プロアマ問わずのフォトコンテストで最優秀賞をもらったらしい。そのお祝いをお母さんと贈ろうという話になったのだ。

「えーと、とりあえずプレゼントの候補は、今度私が金沢に行くときに見てくるから……っと」

ポチポチと返信を打つ途中で、私はふと手を止める。

送信先の『神ノ木結衣花』の名前を見て、なんとはなしに思い出したのは、昨晩のお母さんとの会話だ。

「お母さん！　私のバイト先の上司とやり取りしていたこと、なんで私に黙っていたの!?」

居間でテレビを見てくつろいでいるお母さんに、私は意を決してそう質問をぶつけた。

連日、うちの『月結いの宿』はお客様が絶えなくて、ありがたいことになかなかに忙しい状況が続いていた。それがやっと一息ついたところで、私は聞こう聞こうと、タイミングを狙っていたことをやっと口にできたわけだ。

お母さんはテレビのバラエティから目を離しもせず、「んー」と気のない返事をする。

「なに言うとるげんて。あんたが気恥ずかしいのかなんか知らんけど、バイトの話を私にあからさまにしたがらんから、こっちからあんまし触れないであげたんやんか」

「う……そ、それは」

別に気恥ずかしいから話題にしなかったわけではなく、単にモノノケがどうとかを明かせないから避けていただけだが。

母が詮索してこなかったのは、一応思春期に該当する娘への気遣いだったのだと言われてしまえば、こちらはぐうの音も出ない。

「それに、あんたの上司の篝野《かがりの》さんな」

「篝野さん……？　ああ」

人間のふりをしているカガリさんは、そんな名前でお母さんに名乗ったのか。

「あの人、かなり変わった人やなあ。感じはええし、信頼がおけるのはわかるんやけど、オーラが人並み外れとるというか……人間じゃないみたいや。男なのにえらい別嬪さんやし」

別嬪はおいといて、『人間じゃない』という点にギクリとする。まさしく大正解だ。

うちの母は昔からこういうとこ鋭いんだよね……。

「なにより今どき手紙で、あんたがどんなふうにバイトに勤しんでいるかを報告してくるとか、変わり者にもほどがあるわ。小学校の通信簿見とるみたいで面白いし、受けとるの楽しみにしとるけど」

「いや本当に止めて……！」

「最近やと私も返信を出すようになってん。加賀のグルメスポットとかイベント情報とか、雑談も手紙でしとるんやわ。今じゃ文通仲間やなあ」

前言撤回。本人の知らぬところで、親と雇い主が文通仲間になっている方が思春期的にはダメージがでかい。

しかもその雇い主は九尾の妖狐だし、お母さんはモノノケと文通していることになって……ツッコミが追い付かない！

「……とりあえずその手紙、今度私にも見せてよ。検証するから」

「別にええけど、あちらさんは『結月さんはがんばってくれています』とか『結月さんは真面目に働いてくれています』とか、そこまで具体的な内容はないから。最近のは本当に雑談がほとんどやし……ああ、でも」

そこでやっとテレビから視線を移し、お母さんは私の顔をじっと見据えた。背後では聞き覚えのあるＣＭソングが鳴っている。

そしてことともなげに言ったのだ。

「一番新しい手紙に、『結月さんがご実家の宿を継がれて女将になったあかつきには、ぜひ泊まりに行きたいです』ってあったわ。なんて答えたかは……まあ内緒で」

「……結局教えてくれなかったし」

薄暗い路地裏に、拗ねたような独り言を落とす。

お母さんの返信が気になって仕方がない。

どれだけ問い質《ただ》してもはぐらかされたので、今から『オキツネの宿』に行ってカガリさんの方から聞き出すつもりだ。

「さて……行きますか」

メールを送信完了させ、今度こそ鳥居を呼んでくぐる。

するとすぐさま、最初に見たときよりはずいぶん綺麗になった宿の入り口が、私を変わらず迎えてくれた。

「チュッ！」

「ん？」

足元から届く鳴き声。驚く間もなく、靴下や制服のスカートを器用に上って、肩にぴょこんっと子ネズミが乗った。

赤い炎の尻尾が瞬くツキミだ。

「お迎えにきてくれたの？」

喉元をくすぐってあやせば、チューチューと愛らしく声をもらす。

ツキミは今のところ『オキツネの宿』で厄介になっていて、これといって体に異変もなさそうで平穏無事に過ごしている。白い靄のときは声も出せない様子だったけど、今はこうして鳴き声を出し、そのうち成長すれば話すこともできるようになるという。

話せなくとも以心伝心の間柄だけど、会話できるならもちろんしたい。

ツキミとおしゃべりする日が今から楽しみだ。

「あ、結月ちゃんだ！　ツキミちゃんのお迎えは早いねえ」

「あのネズミは結月にべったりだからな……」

よく見れば玄関の柱のところには、シロエとクロエがいつもの仕事着で立っていた。

「どうしたの？　ふたりそろって。今日ってなにかあったっけ……？」

彼等はまるで私をわざわざ待ち構えていたみたいだ。

首を傾げていると、中から加賀友禅の羽織をヒラリと優雅に翻えらせて、カガリさんまで現れる。

「今日は『湯めぐり百科』に、一年の締めの番付が載る日なんですよ。四大温泉宿会議で、結月さんが啖呵を切ったあれですね」

カガリさんの『番付』という単語に思い当たる。

そうか、今日が発表日だったのか。

「結月ちゃんも含めて、宿のみんなで結果を見たくて待っていたんだよ！」

「さすがにいきなり『川胡荘』を抜かして四区で一位……なんてことはねえだろうが、前回よりせめて全国順位は上がっているんじゃないかと、みんな期待しているんだ」

おまえのおかげでなと、クロエが珍しく素直に私を褒めてくれた。照れているのか、言い方はぶっきらぼうだったけど、それがクロエがクロエたる由縁《ゆえん》である。

苦笑していると、「早くいこうよ！」とシロエに腕をぐいぐいと引っ張られる。

「わっ！　ま、待って！」

シロエとクロエに挟まれるように、『オキツネの宿』に足を踏み入れる。肩口でツキミがチチッと鳴いた。振り返れば、後ろからは見守るように、カガリさんがゆっくりと歩いてくる。

彼にお母さんの手紙のことを聞きたかったけど……まあ、後でもいいか。

桜の花弁が舞って、梅の香りがあたりに漂う。

モノノケたちと私の賑やかな日々は、まだ、とうぶん続くみたいだ。

本書は書き下ろしです。
この物語はフィクションです。
実際の人物・団体等とは一切関係ありません。

ポルタ文庫
金沢《かなざわ》加《か》賀《が》百万石《ひゃくまんごく》モノノケ温泉郷《おんせんきょう》
オキツネの宿《やど》を立《た》て直《なお》します!

2019年12月21日　初版発行

著者　編乃肌

発行者　宮田一登志
発行所　株式会社新紀元社
〒101-0054
東京都千代田区神田錦町1-7　錦町一丁目ビル2F
TEL:03-3219-0921　FAX:03-3219-0922
http://www.shinkigensha.co.jp/
郵便振替　00110-4-27618

カバーイラスト　Laruha
DTP　株式会社明昌堂
印刷・製本　株式会社リーブルテック

ISBN978-4-7753-1796-9